CHARACTE
「せいぜい、死なないようにな。
オレも心根の良い奴を殺すのは気分が悪いから」
Klaus
クラウス
「好きになった人を助けられるなら、
バカでもなんでもなるよ」
Kengo Kaburagi
鏑木健吾
「この体になってから
魔法を使うのは……久しぶりね」
Miku Rindou
竜胆実紅
「落ち着いてきたから、
また今度家に遊びに行ってもいい？」
Yuki Amamiya
雨宮 雪
CHARACTER

落ちこぼれの俺は
覚醒したＥＸランクスキル
「吸収」で成り上がる

木嶋隆太

ぶんか社

CONTENTS

第一話　出会い

現在地球には、大量発生する魔物に対抗するため、冒険者という存在がいた。

魔物たちから地球を守る彼らはまさに子どもたちからすればヒーローのような存在だ。

俺も、そんな冒険者に憧れた。

そしていつか、誰かを助けられる人間になりたい！

そう思っていたんだがな――。

すべての人にチャンスが与えられるわけではない。

そして俺は、才能がなかった。

冒険者学園の進級試験――その結果通知書に書かれた不合格という文字。下には不合格の理由が細かく書き連ねられていたが、それに目を通すだけの余裕はなかった。

みんなを守るヒーローに、俺はなれそうもなかった。

○

高校一年生になった俺は、今一人で迷宮《ダンジョン》に潜っていた。

進級試験を落とされたときのことを思い出していた俺は、慌てて首を振る。

迷宮内で余計なことを考えていたらダメだ。

まあ、その理由はすぐ近くを通った冒険者の集団が原因だった。

冒険者学園、高等部の制服を着ている人たちがいたのだ。

……俺はその中等部に去年まで通っていた。

「別に、学園の生徒じゃなきゃ最強の冒険者になれないわけじゃないっ」

……半年前に進級試験で落とされ、俺は一般校に転校した。

冒険者としての才能がなかったからだ。

学園への未練がまったくないわけじゃないが、もうどうしようもないんだから仕方ない。

自分に言い聞かせ、頬を叩く。そして俺は現在潜っている迷宮で魔物を狩っていく。

襲い掛かってきたゴブリンの一撃をかわし、何度か剣で斬《き》りつける。

傷を負いながらもゴブリンは飛びかかってくる。恐ろしいほどの生命力だ。

俺はそれでも体を動かしていく。そうして、ゴブリンの首を斬りつけ、仕留める。

普通の冒険者なら、もっとあっさりと倒せているだろう。

……こんなゴブリンに苦戦するから、試験を落とされたんだよな。

戦うたび、むなしさがこみ上げる。それを忘れるように首を振って、また魔物を探す。

それを繰り返し……時間を見て狩りを切り上げる。

現在時刻は放課後。俺は毎日迷宮に潜って己を鍛えていた。少しずつ、少しずつだけど成長している。将来、最強の冒険者になるために――。

迷宮から出た俺はギルドに立ち寄って素材を売却する。

稼ぎとしては一万五千円ほど。……高校生の放課後バイトとしてみたら破格だ。

だが、冒険者の稼ぎとしてはかなり悪い。

冒険者には、武器の手入れはもちろん、迷宮探索を補助するアイテムが必要だ。

それらの道具を購入していたら、この程度の金額はすぐに消し飛ぶ。

ギルドを出た俺は、これからのことを考えつつ、自宅に戻っていく。

やっぱり、いつまでも夢を見続けるのは難しいのかもしれない。

……どこかで、区切りをつけるべきだろうか。

そんな思考を破るようにビィィィィという耳障りな音が街中に響いた。

……これは、魔物発生を告げる警報だ。

「す、スタンピードが発生するぞ！　すぐに避難しないと！」

近くを歩いていた会社帰りと思われるサラリーマンが声を上げる。

彼の言葉に合わせ、人々が慌ただしく動き出す。

スタンピード――魔物の大量発生の名称だ。サラリーマンの言う通り、この警報は魔物発生を告げるものだ。

冒険者資格を持つ者は、この警報に合わせステータスを持たない一般市民の避難誘導を行う義務がある。

俺も資格持ちの端くれだ。急いで準備を整え避難誘導にあたった――。

○

避難誘導をしていた俺は、全力で走り、声を張り上げていた。

街中に魔物が現れ、冒険者資格を持つ人たちが次々に対応していることもあり、もうすでに人影は見当たらない。

角を曲がりながら、声を張り上げる。

「逃げ遅れた方、いませんか！」

影が落ちた。俺の眼前には、大人の倍ほどはあるオークがいた。

「に、逃げ遅れた方ですか？」

「ブァァァ！」

どう考えても逃げ遅れた方じゃないね！　わかってたよ！

オークはD級の魔物だ。

この〇〇級というのは、おおよそ冒険者資格に比例する。

オークはD級の冒険者が数名、あるいはE級冒険者の六人パーティーでなんとか討伐できるレベルということである。

俺は最弱のＦ級冒険者だ。

つまり……見つけた瞬間逃げなければいけない相手だ！

オークが持っていた斧を振り下ろしてくる。

その一撃に対して、俺は背後に跳んだ。

ほとんど、反射的な動きだった。正直言って、反応できたことも驚きだった。

地面が砕け、逃げきれなかった俺の足をアスファルトの破片が掠《かす》めていく。

ごろごろと情けなく転がりながら体を起こす。いってぇよ……。

足首ひねったかも……最悪だ。

オークはゆっくりとこちらに近づいてくる。斧の先で片手を軽く叩いて遊んでいる。

マジかよ……ここで死ぬのか？

覚悟を決めていたつもりだった。

年間で命を落とす冒険者は決して少なくない。

……だから。だから、いつかその日が来るかもしれないと思っていた。

けど、俺の体は震えていた。覚悟を決めたつもりの体は、目に見える死によって、情けないほどに震えてしまっていた。

嫌だ、死にたくない。俺はがたがたと震えだした体を必死に抑え、立ち上がる。

諦めて、たまるか。……まだ、まだ何かできるはずだ。

……近くに何かないか視線を巡らせたときだった。

思わず体が硬直した。

それは、恐怖によるものではなく……どちらかといえば、感動に近いものだった。

俺が視線を向けた先には、一人の女性がいたんだ。

まるで、天使と見間違うほどの美少女。

その人は美しい金色の髪を揺らしていた。この場に似つかわしくない簡素な白のワンピースをまとい、つかつかと歩いていた。

まるで、今この町が平和であるかのように。魔物なんて存在を知らない無垢《むく》な子どものように。

なんで!? この状況に気づいていないの!?

脳内にいくつもの疑問が浮かぶ。

とにかく今は……彼女を助ける必要がある！

「おい！ こっちにはオークが――！ クソッ！」

痛む足に鞭《むち》を打ち、飛びついた。

女性を抱きしめるように転がる。俺が背中を打ちながら押し倒すようにして助けた女性を見ると彼女は驚いたように目を見開いていた。

驚いたのはこっちだよ！

立ち上がろうとした次の瞬間だった。足首から鋭い痛みが襲ってきた。

やべぇ……今ので限界だった。痛みがピークに達して動けそうになかった。

「まさか、私に触れられるなんて……あなた……大丈夫？」

それもこっちのセリフ！

気の抜けた声に、俺ははっと思い出す。

状況は何も変わっていない。

今だってオークが俺たちを狙っているんだ。

早く避難させないと！

「お、俺のことはいいから！　早く逃げるんだ！　あのオークは俺が――」

ここは俺に任せて先に行け！　そんなかっこいいセリフを吐こうとしたのだが、足の痛みに声を出す余裕もなかった。

……めっちゃいてぇ。

それでも、剣を構えてオークを睨《にら》む。オークは困惑しているかのように、動きを止めていた。

美少女に攻撃はできないってか？　なら俺もついでに見逃して回れ右してください。

そんな祈りは通じないようだ。オークは首を傾《かし》げるような仕草の後、斧を構えた。

間違いなく死んだな、俺。

けど、こんなカワイイ子のために命を懸けるのなら、悪くない人生だったかも？

今世の教訓。才能ないのに、冒険者なんてやるもんじゃない。

来世があったらもっと強い体に生まれたいものだ。

あの世に行ったらじいちゃんとばあちゃんに自慢しよう。

俺は美少女を守るために死にました、と。

オークと向かい合い、剣を構える。

せめて、爪痕くらいは残してやらないとな。

俺は剣を握りしめ、それからオークを見据える。

足の痛みをごまかすように唇を噛み、飛びかかろうとしたときだった。

「あのオークに、勝てるの？」

鈴の音のように美しい声が俺の耳に届いた。

「か、勝てるぜ！」

「声、震えているわよ？」

なんでこの人こんなのんびりしてるの⁉

「……わ、わかってるよ！　俺のことはいいんだ！　あんた、早く逃げてくれ！　時間は稼ぐから！」

「逃げる必要はないわ」

「何を言って――？」

「この体になってから魔法を使うのは……久しぶりね」

彼女が片手を上げると、足場に幾何学模様《きかがくもよう》が浮かび上がる。

魔法⁉　まさか、彼女も冒険者か⁉

オークはまっすぐに俺へと向かってくる。まるで魔法に警戒している様子はなく、そして――放たれた。

「焼き尽くせ――」

放たれた火炎の一撃は、まっすぐにオークへと向かい――その体を貫いた。

オークが目を見開きながら派手に倒れ込んだ。

その光景を作り上げた彼女は、軽く髪をかき上げ、それから片手を挙げた。

「あまり無理はするものじゃないわよ。命は大事にしなさいね」

からかうように笑ったその笑顔が、反則的だった。

天使なんて表現では彼女の可愛さは表現できない。去ろうとした彼女を見て、思わずその手を掴《つか》んだ。

女性は驚いたように振り返る。

ど、どうしよう……。ここで別れたら二度と会えないと思って、たまらず手を掴んでしまった。

「ど、どうしたの？　まだ何かあるかしら」

彼女のきょとんとした顔。それがまた可愛らしい。

……どうする。どうすればいい？　このまま黙っていても、彼女に怪しまれるだけだ。

何か口にしなきゃ、と俺は浮かんだ言葉をそのまま吐き出す。

「一目惚《ぼ》れしました」

「へ？」

「結婚してください」

「えぇぇ!?」

俺の言葉を理解したのか、女性は驚いたように顔を真っ赤にした。

遅れて気づいた。

俺は何を言ってんだ⁉

○

魔物が大量発生するスタンピード。

それは街だろうが、それこそ海の中だろうが……場所は関係ない。

それらは突然発生し、一定時間、大量の魔物を生み出し続ける。

具体的な対策は見つかっておらず、発生する魔物を倒すという力技的な解決方法しかなかった。

——あれから一時間が経ったところで、スタンピードは終わり、ひとまずの平和が戻った。

俺もまた普通の生活に戻ってもいいのだが……今俺は、一人の女性と歩いていた。

俺は顔を真っ赤にして俯《うつむ》き、彼女もまた、真っ赤な顔をしてちらちらとこちらを見てきていた。

「とりあえず、スタンピードも収まったわね」

「ああ、なんとか、だな」

先ほど助けた——いや、助けてくれた女性の名前は、竜胆《りんどう》実紅《みく》だ。彼女にぴったりの可愛らしい名前だと思う。

自己紹介だけはしたが、それ以上の会話はしていない。もっと言えば、先ほどの俺の無謀な告白も、聞こえなかったかのように触れていない。

「まったく……鏑木《かぶらぎ》くん。あなた、ロクなステータスもなさそうなのに冒険者なのね」

「いやいや。ステータス持って生まれただけで才能あるんだからな」

鏑木健吾《けんご》。それが俺の名前だ。

今の時代、ステータスという力を持って生まれるかどうかは一つの才能だ。

持っているだけで、冒険者学園に入れる。

そこで才能が開花すれば、そのまま冒険者として仕事ができる。将来が約束されたようなものだ。

「ステータス……あなたそんなに強くないわよね？」

「……ま、まあな」

「ステータスって、どのくらいなの？　良かったら、見せてもらうことはできるかしら？」

彼女の提案に、頬が引きつってしまう。

俺のステータスは本当に微妙だ。

本当に冒険者なのと思われるくらいだ。

「……見るか？」

「ええ。他の人のステータスを見る機会ってあまりなかったから」

俺は恥ずかしかったが、ステータスカードを取り出した。

俺たちはステータスという力と、ステータスカードという力を持って生まれてくる。

俺たちの体内にはステータスカードがあり、それを取り出すことで他者に自分のステータスを証明することができるのだ。

鏑木健吾　『未契約』
レベル０
物攻《ぶっこう》Ｅ（47）　物防《ぶつぼう》Ｆ（39）　魔攻《まこう》Ｇ（28）　魔防《まぼう》Ｆ（37）　敏捷《びんしょう》Ｅ（40）　技術Ｄ（51）
スキル
『吸収：ランクＧ』（魔物の魔石、素材を吸収したとき、５秒間のみステータスを向上させる）

俺のステータスを見て、竜胆さんは言いづらそうに頬を引きつらせていた。

「……確かに、このステータスは、低いわね」

「う、うるさい！」

「それに、レベル0なのね？　レベルってすぐに1か2くらいまでは上がったはずだけど……」

「俺はなぜかまったく上がらないんだよ！」

このレベルはゲームのレベルとは少し違う。

現在地球で最高と言われているのがレベル6ということからもなんとなくわかるだろう。

一つの壁を乗り越えたとき、レベルアップすると言われている。

レベルアップした際にすべてのステータスの値は一度下がってしまうが、レベル0とレベル1が同ステータスで戦ったらレベル1が負けることはないらしい。

俺はいい加減自分の情けないステータスを見せたくはなかった。

だから、ヤケクソ気味に叫んだ。

「どんなにステータス低くても冒険者やってて良かったよ！　竜胆さんと会えたんだからな！」

「ま、まったく……」

竜胆さんは頬を少し染めて、そっぽを向いた。

……本当に綺麗でカワイイ人だ。

けど、告白に関してあれから一切触れてこない。お、俺も恥ずかしくて切り出せなかった
……くそ、こういうときモテる男なら、もっと踏み込んでいけるのだろうか？　人を好きになったことがないからどうすりゃいいかわからん！

「そういえば、竜胆さんは冒険者……なのか？　それもかなり強い冒険者だよな？　S級冒険者とか？」

「そうだったわね」

「え!?　マジで!?」

半分冗談、のつもりだったんだけど……。

冒険者にはその活躍に合わせて階級が授けられる。
S、A、B、C、D、E、F、Gという八つの階級があり、俺はF級冒険者だ。
ちなみにG級というのは迷宮に入ることさえ許されていない最弱の階級だ。ステータスカードを持っているだけの人に贈られる階級である。

つまり、迷宮に入れる冒険者の中で言えば、俺は最弱というわけだ。……泣きたくなってきた。

一緒に歩いていると、俺の家近くまで来た。

って、普段通り家に帰ろうとしていたけど、普通俺が彼女を家まで送っていかないとだよな！

確かに彼女のほうが強いからその必要はないだろうけど、そこはそれ。

「竜胆さんの家はどのあたりなんだ？　近くまで送っていくよ」

家まで送っていくなんて言ったら、下心があるのでは？　とか警戒されてしまうと思ったけど。

俺の言葉に、彼女は笑顔とともに首を振った。

「私、家はないの」

「……どういうこと？」

「そうね……それも含めて、さっきのことにも答えておかないと、かしらね」

さっきのこと？

そう言った竜胆さんの表情は恥ずかしそうであった。

「こ、告白……ありがとね。あなたの気持ちに何も答えないのもずるいわね」

「お、おう」

片手で口元を隠しているが、たぶん笑ってくれている。

「とっても嬉しかったわ。……あんなこと言われたの、初めてだったから」

告白を思い出した俺は思わず首を振ってしまう。

「べ、別にその……口をついて出た言葉だから！」

「ってことは本当に素直にそう思ってくれたってことかしら？」

からかうような上目遣いとともに、竜胆さんが覗《のぞ》き込んでくる。

……やばい、可愛くて意識が吹き飛びそうになる。

「うっ！　あ、いやその……」

「ふふ、カワイイわね、あなた」

「カワイイのは……竜胆さんのほうだって……」

「そ、そんなことないわ……」

そう、いたずらっぽく微笑《ほほえ》む姿に俺がくらりときていると、向こうも頬まで真っ赤にしていた。

言った俺のほうが恥ずかしくなって、顔が熱くなる。

「……凄《すご》い、嬉しかったわ。あのとき、自分の命も気にしないで私を助けてくれようとしてくれた。そういうこと、できる人ってそういないと思うわ」

「……ただのバカなだけだ」

「そんなことないわ。緊急のときこそ、その人の本性が出るものよ。……だから、あなたは、凄いと思うわ」

その好印象の反応に俺は思わず彼女を見る。

だが彼女の表情からすっと赤みが消えた。

竜胆さんはどこか悲し気に目を伏せた。

「けれど、私の返事はごめんなさいとしか言えないわ」

……やっぱり、そうか。

ちょっとだけ期待していた自分がいたのだが、そう都合良くはいかないよな。

「そ、だよな。えーと……じゃあ！　と、友達からはどうだ……？」

「それも、無理だわ。あなたを無駄に悲しませるだけだから」

「……そんなことは――」

つまり、これは拒絶されているということだろうか？

……そりゃ、そうだよな。これ以上食い下がるのは、ストーカーと思われかねない。

俺はそれ以上言わないように笑顔を浮かべた。

だけど、彼女は慌てた様子で首を振った。

「そんなに落ち込まないで、私は別にあなたが嫌いだからこう言っているわけではないわ。むしろ……私も……その……えーと、好き、というか……えーと。助けられたときに、どきっとしちゃったというか……」

「……そ、そうなのか？」

「え、ええ。けど、絶対に私はあなたと結ばれてはいけないの。いえ、結ばれるはずがないの」

そう言ったときの竜胆さんの表情から笑顔が消えた。

「……それって、どういう意味なんだ？」

結ばれちゃいけないって……考えてもまるでわからなかった。

「……そうね。だって私は――」

彼女はそこで一度言葉を区切る。

そのときの彼女の笑顔は、今にも壊れそうな悲しいものだった。

「……霊体、なのよ?」

霊体。その言葉の意味を俺はわかっていた。

俺の左手から感触が消える。慌てて手を伸ばすと、彼女の体を俺の手が通過した。

そのまま消えていきそうな彼女に、俺は再び手を伸ばした。

○

霊体――それは別の言い方をすれば幽霊、お化けと言われている存在だ。

魔力を多く持った人は、死んだあともその魂が世界に残ることがあるらしい。

つまり竜胆さんは――。

俺の暮らしているアパート近くにある公園に移動する。

俺は公園のベンチに彼女と並んで腰かけていた。

「私は霊体だから、あなたとは結婚どころか付き合うこともできないわ……ごめんなさいね」

「……そう、なんだ。そっか、もしかして俺以外には見えないのか?」

霊体を見ることができるのは、一部の人間らしい。

別に魔力が特別強いから、とかではなく、本当に見える人というのはたまたま、なんだそうだ。

ということは、運命のようなものでもある。

「そうね。今までそういう経験はなかったわ。あのオークも私が見えていなかったと思うわ」

思い返せば、確かにオークも彼女を意識していないようだった。

ってことは——。

「俺、オークの前で一人で飛びついて倒れたりしていたってことか！」

「そうなるわね」

よ、良かった、これがオークで。

もしも一般人の前だったら、危ない冒険者がいる、と噂されていたかも。

だから、彼女は魔物あふれるあの街中を、一人でのんびり歩いていたのか。

俺に見られる心配もしていなかったんだろう。

「そう恥じることはないわ。……あのときの行動は男らしくて、立派だったもの」

わずかに頬を染めてそう言うのだから、もうすべてどうでもよくなる。

うん、助けて良かった！　いや、結局助けられたのは俺なんだけどね！

「……竜胆さんは、死んじゃったのか？」

「そう、なるのかしらね？」

「S級冒険者だった、っていうのも……昔のことなんだよな？」

「ええ」

「そう、なんだな」

俺はデバイスを取り出して、操作する。

彼女の顔が興味深そうにこちらを見てきた。

「そ、それスマホよね？」

「あ、ああ」

竜胆さん。目を輝かせていらっしゃる。

確かにこれはスマホを基本にしたものだが、もう何世代も進化して今ではデバイスと呼ばれている。

用途も通信だけでなく、生活のためのあらゆる機能を備えた万能機器なんだが……言いづらいし、スマホでいいか。

「……へ、へぇ。本当に凄い進化よね？　携帯電話が出たときも驚いたけれど、これはまた凄いわね。私、弄《いじ》ったことないのよね」

……えーと、竜胆さんってどれだけ昔の人なんだ？

俺が『竜胆実紅　S級冒険者』と入力すると……出てきた。

ウォキペディアにまで名前がある人なのか……っ！　そんな偉大な冒険者とこうして出会えたということに改めて興奮していた。

そして、そんな人に無謀にも告白したのもまた恥ずかしかった。

彼女のページを読んでいく。

そして、ある一文に目を留めた。

二〇〇七年――竜胆実紅は発生したスタンピードを封印し、そしてその迷宮の管理者となった。

その文字を見て、俺は固まってしまう。

隣にいる竜胆さんは笑顔のままデバイスを見ていた。

「へぇ、そんなにあっさり調べられるのね……ていうか、私こんな風にまとめられているのね。ちょっと誇張《こちょう》されている部分もあって……恥ずかしいわね」

恥ずかしがっている彼女に、俺は訊《たず》ねた。

「竜胆さんは……世界を守るために、犠牲になったのか？」

「まあ、そうね」

各国で問題として挙がっている「封印」、そして「管理者」というシステム。

……スタンピードによって発生した魔物の強さが異常なときがある。

それこそ、今いる冒険者たちでは逆立ちしても勝てないとさえ言われる強力な魔物たちだ。

発生する魔物たちに、徐々に世界を侵される。それほど強力な敵が現れたとき、人類が取れる手段が一つだけある。

膨大《ぼうだい》な魔力を持つ人にある魔法を使用してもらうのだ。

その魔法は、世界で初めて魔物が発見されたのとほぼ同時期に見つかった魔法――。

自らを犠牲にして、魔物たちを封印するという最強の魔法だ。

封印されたスタンピードは、迷宮となり……その封印者が迷宮の最奥《さいおう》にて管理者として眠る。

つまり、だ。

彼女は世界を守るための人柱となったというわけだ。

「こういうわけで、私は死んでしまったわ。だから、ごめんなさいね？　告白されて嬉しかったけれど、さすがに霊体と付き合うわけにはいかないでしょう？」

からかうように笑った彼女に、俺は唇をぐっと噛んだ。

それからデバイスを弄り、俺はあるページを開いた。

それは今から三十年前――ある封印迷宮が攻略されたときの記事だ。

「竜胆さん、知ってるか、これ！」

「……ええ、話題になったわね。世界で初めて迷宮を攻略した日本人がいるって。そして――封印していた人も同時に救出したって。そして、その封印迷宮は消滅したのよね」

そう、助けられるんだ。

管理者たちは、死んでいない。ただ、長く眠っているだけなんだ。

「ああ……だから――竜胆さん！」

俺は彼女の手を改めて握りしめる。

「俺が、竜胆さんの迷宮を攻略する！」

「……」

竜胆さんが目を見開き、それからくすくすと笑った。

「何を言っているの？　あなた、オークにも勝てなかったじゃない」

「そ、それは……その」

説得力がないのはわかっている。

「私の迷宮……言っておくけど、第一階層に出現するゴブリンたちでさえ、あなたには厳しいわ」

「そ、そんなに、やばいのか？　竜胆さんの迷宮は……」

「ときどき、私の迷宮に冒険者が来ることがあるの。みんなあなたよりも強いわ――けど、みんなゴブリンにも勝てず、命からがらで出ていくわ。本気を出せば何体かは倒せるかもしれないけれど……一階層でその強さの魔物が出る迷宮よ。私が封印している限り再びスタンピードが起こることもないんだから、誰もそこまでやる人はいないけれど」

竜胆さんの言葉に俺は何も言い返せない。

それでも――それでも。

竜胆さんは俺の手をぎゅっと握った。

「あなたはとても素敵な人だわ。……だから、もっと良い人と出会えるはずよ。告白は、断らせてもらうわ。ごめんなさいね」

「竜胆さん以上の人に、俺は出会えないっ！」

彼女の手を握り、俺は叫ぶ。

その言葉に竜胆さんは顔を真っ赤にした。

「……あ、あなたねっ」

俺だって恥ずかしいのは同じだ。けど、伝えないと。

「よく、言うだろ？　運命の人とかさ。俺はあのとき、竜胆さんを見たとき、それを感じたんだよ。

……たぶん、この人は俺の運命の人なんだって」

「……」

「だから、俺が竜胆さんの迷宮を攻略して、竜胆さんを助け出すっ」

「……でも、どうやってよ。あなた、弱いじゃない」

彼女の言葉が胸に深く突き刺さる。

わかっている。今の俺じゃあ、彼女の迷宮を攻略するなんてとてもじゃないができないだろう。

だけど、一つだけ可能性があるんだ。

今の俺が、強くなるための最初にして、最後の手段が。

「まだ俺は、ステータスカードと正式に契約をしていないんだ」

「……そういえば、そうだったわね。だいたいの人は、すぐに契約をするのだけど……どうしてしていないの？」

俺のカードにあった、『未契約』という文字を思い出しているようだ。

これこそが、俺が強くなるための切り札だ。

「将来、自分の能力が成長したとき、それに合わせて契約を結ぼうと思っていたからな」

まったく開花しなかったが。

俺は改めて、ステータスカードを取り出す。

契約――それはステータスカードを手っ取り早く強化するためのものだ。

だが、この契約は気軽に結ばないほうが良いとされていた。

契約は一度きりだ。

一度決めた契約の変更も不可能だ。

そして、契約は条件をつけることによって何倍にも能力を引き上げることができる。

自分のやりたいこと、やれるようになりたいことを見つけるまでは、未契約にしておいたほうがいいとされていた。

……例えば、だ。

『迷宮内でのみ、力を使う』、というような契約を結ぶとしよう。

迷宮の外では力を使えないが、迷宮内ではステータス以上の力を使えるようになる。

それは、生まれ持っての才能を覆《くつがえ》すことだってあった。

冒険者学園では、高等部に上がった段階で契約することを勧めていた。

多くの人が、そこから将来を見据《す》えて本格的に冒険者活動を行うからだ。

……俺がなかなか契約しなかったのは、可能性を残しておきたかったからだ。

契約に失敗したら、俺が挽回する機会さえなくなる。

情けない言い方をするなら、保険を残しておきたかったんだ。

俺にはまだ、契約が残っている、と。

……ただ、それもここで終わりだ。

「俺がこの契約で、竜胆さんを助ける力を手に入れる」

「……契約がうまくいけば、でしょう？」

「絶対、いい契約にしてやる」

限定的であればあるほど、契約による強化は強くなる。

だから俺は叫ぶ。

竜胆さんを助けるための契約を――。

「ステータスカードと正式に契約する。俺はこの力を『竜胆実紅の敵にのみ使う』」

「あなたっ！　それをしたら――」

実紅が制止するより先に、契約を終わらせる。

……わかっている。この契約が済んだ時点で、俺の冒険者としての才能がなくなるということは。

『契約は成立しました。これより、正式なマスターとして鏑木健吾を認めます』。

その声が響いた瞬間、俺のステータスカードが強い光を放った。

鏑木健吾　『竜胆実紅の敵にのみ使う』
レベル0
物攻D（55）　物防E（47）　魔攻E（40）　魔防D（50）　敏捷D（50）　技術D（57）
スキル
『吸収：EX』（魔物の魔石、素材を吸収することで、己の限界を超え、ステータスを強化できる。
また、その強化は永続的なものとなる。魔物が持つ力を100パーセント使用することができる。
ただし、これらの効果は『竜胆実紅の迷宮』の魔物からしか得られない）

……契約は成功だ。

能力の強化だって想像、以上だった。

ステータスが、跳ね上がっている。

同時に、スキルまで強化された。見たことのないランクまで上がり、能力も大幅に強化された。

……だが、これで。俺は限定的にしかこの力を使えない。

けど、もうそれでいいと思っていた。

俺が竜胆さんに笑いかけると、彼女は怒っていた。

そ、そんなに怒らないでくれって。

「あなた、ねっ！　そんな限定的な契約を行えば、冒険者としてやっていくことだって難しくなるわよ！」

「だとしてもだ。助けたい人のために力を使いたいんだ」

みんなのヒーローには……正直言ってなれないだろう。

けど、竜胆さんを助けられるヒーローになれるのなら、俺はそれで良かった。

「……鏑木くん。あなた、バカよ」

「好きになった人を助けられるなら、バカでもなんでもなるよ」

「……何が、好きな人よ。……バカ」

竜胆さんの表情がくしゃっと歪んだ。

涙をぽろぽろとこぼす竜胆さんをそっと抱きしめる。

「……あなたには、あなたの人生があるのよ？　死者のために、時間を割《さ》くなんて――」

「竜胆さんは、生きてる。ただ迷宮の中でちょっと長く眠ってるだけだ」

「……」

ぐす、ぐすと何度もしゃくり上げる竜胆さんの背中を撫《な》でる。

竜胆さんが俺の手を払うように腕を動かす。

きっと、こちらを睨んでくる。

まるで、「誰のせいで泣いているのよ」といった様子だった。

少しして、竜胆さんが顔を上げる。

「……あなた、本気なの？」

「ああ、本気だ。必ず竜胆さんの迷宮を攻略して、助け出す！」

「……」

「って言ってもあれだぜ？　別に俺は助けたいから助けるだけだ。どっちにしろ、冒険者をやめようと思っていたんだし、最後にちょっとくらいわがまま言ってもいいだろ？」

竜胆さんは目をぎゅっと何度も腕でこすったあと、こちらを見て……そして微笑んだ。

「……私、浮気は許さないわよ、健吾くん？」

「え、えと竜胆さん？　どういうことだ？」

「私の名前は実紅よ、健吾くん？　結婚するのに、苗字で呼び合うなんてよそよそしいでしょう？」

そう言って、彼女が手を差し出してきた。

その手を軽く握ると、彼女がぎゅうっと力強く握ってきた。

お互いに見つめ合う。

「……え、えっと俺その、彼女いない歴＝年齢なんで、ちょ、ちょっとこれからどうしたらいいのかわからないんだけど」

情けなく伝えると、彼女も口をぎゅっと結ぶ。

「……私も似たようなものだけど」

「……ど、どうしよう」

「どうしましょう……」

お互いに見つめ合ったあと、実紅がぶんぶんと首を振る。

「お、お姉さんなんだし、引っ張っていかないと、かしらね」

ぎゅっと彼女が手を握ってきた。

「あなたの家に、泊めてもらってもいいかしら？」

「お、おう……って、俺の家⁉」

「ええ。結婚するのだし、一緒に暮らすのも別におかしくはないでしょう？　よろしくね、あなた」

「……うっ」

……ちょ、ちょっと待ってくれっての！

思わず口元が緩んでしまいながらも、俺は彼女と手をつないで家に向かった。

第二話　同居

自宅に着き、彼女と向き合った俺はひとまず考える。

……今俺、女性を自分の部屋に連れ込んでるんだよな。

俺はこのボロアパートで一人暮らしをしていた。

冒険者学園にいたころは寮暮らしだったが、学園をやめた後も俺がこの迷宮都市に住んでいるのは、両親に頼み込んだからだ。

高校卒業までの間は夢を追いかけさせてほしい。

もちろん、それまでの生活費に関しては将来仕事をして必ず返す、と。

そのおかげで、両親は今も最低限生活できる程度の仕送りを毎月してくれていた。

つまり、今俺と実紅は完全に二人きりなのだ。

実紅は興味深そうに部屋内を見て回っている。

テレビやゲーム機を見ると、子どものように目を輝かせている。

それを眺めているだけで癒されるのだが、いつまでもそうはしていられない。

今の実紅はただの魂だ。

もちろん、これでも十分生活できているが、俺は彼女を助け出すと決めたんだ。

そのためには、まず自分の力を把握する必要があった。

俺はステータスカードを取り出し、じっと眺めていた。

スキルの効果は、一応理解した。かなり有能なのはわかった。

問題が一つあるとすれば、このランク、だな。

スキルのＥＸはなんだ？　今までに見たこともない数値だ。

「み、実紅」

「何、健吾くん？」

振り返った実紅が、嬉しそうに微笑んでいる。

……もう名前で呼ぶことには慣れたようだ。

俺はまだ緊張しちゃっているのにな。

「このステータスＥＸってわかるか？」

俺の取り出したステータスカードを彼女のほうに見せる。

実紅がすっと体を寄せてくる。腕と腕が当たるような距離だ。

俺が思わず悲鳴を上げそうにしているのを、実紅はふふっと微笑んでこちらを見ている。

こ、小悪魔め！　とは思っても、口には出せなかった。

……ていうか、よく見れば実紅の頬は少し赤い？

「……ＥＸ。私も知らないわね……でも、悪くはないんじゃない？　ゲームとかだと強そうだし」

「そう、だよな」

……強さの根拠がゲームかい。

とは思ったのだが、俺も少し納得してしまっている部分もあった。

まあ、ＥＸを除いても俺のステータスは随分と成長した。これなら、きっと前よりも強くなっているはずだ。

ていうか、実紅の迷宮限定なら、最強にだってなったかもしれない。

……いかん。ステータスを見てニヤニヤするのは、そろそろやめようか。

これ以上は、実際に迷宮に潜ってみないとわからないだろう。

み、実紅……と何度も頭の中で練習をしているが、やはりまだ呼びにくい。

「あ、あの……」

「……」

「えーと、聞こえているか？」

ぶすっと実紅は頬を膨らませ、こちらを睨んできた。

「私の名前は実紅、なんだけど？」

名前で呼べということ、なんだろう。

やっぱり、慣れていかないとだな。

「……み、実紅……さん」

「普段あなたって、誰かをさんとかくんとかつけて呼んでいるの？」

さらにダメ出しが来るとは思わなかった。

さっきの流れでわかる。さんを外せ、ということなんだろう。

「い、いや呼んでないけど……」

「じゃあ普段のように呼んで？」

もう笑顔が可愛いなぁっ！

その微笑みを向けられると、俺はもう何も言えなかった。

大きく息を吸って、俺は絞り出すように言った。

「……実紅」

「ええ、健吾くん」

ちょっと待て。

満面の笑顔に俺はごまかされない。

向こうが一方的に名前で呼べと要求するのはおかしいだろう。

「それじゃあ実紅も、俺を呼び捨てにしてくれ」

「……わ、私は普段からこうやって呼ぶから」

顔を赤くして、ぶんぶんと首を振る。

……そんな反応で引き下がれるか。

「こっちばっかり色々お願い聞くのはずるくないか？　それに、実紅に呼んでほしいんだ」

「……ず、ずるいわよ、その言い方」

実紅はむくれた顔で唇をもごもごと動かす。

それから彼女は、ぷるぷると震えるようにして、

「……健吾」

ぼそりとそう言った。

彼女が顔を真っ赤にして、両手で覆い隠す。

俺は感動していた。

好きな人に、こうして名前を呼ばれるだけで滅茶苦茶嬉しいんだと初めて理解した。

「こ、これでいいかしら？」

怒ったように彼女は声を上げ、腕を組んだ。

「あ、ああ。ありがとな、めっちゃ嬉しかった」

「い、いいわよ。別に感想なんて言わなくたって」

お互い照れ臭くなる。

しばらく沈黙して、見つめ合っていた。

……といっても、悪い空気ではなかった。

お互いに深呼吸をするが、そのタイミングが同じで笑ってしまう。

「とりあえず、改めてよろしくな実紅」

「ええ、よろしく。そういえば、あなた……今の私についてあんまり詳しくないわよね？」

「……霊体の状態についてってことか？」

「ええ。霊体の私ができることをいくつか説明しておくわね」

「……確かに、気になるかも」

霊体に関しては、今もあまりわかっていることが少ない。

それを霊体の実紅から聞けるというのは貴重な経験だろう。

そう言った彼女は近くにあった本を握って持ち上げる。

「まず私はこうやって物に触ることができるわ！」

「……お、おお！」

「ただし、事情を知らない人から見たらポルターガイストだけどね」

「本当に幽霊みたいなんだな」

人を驚かすのに大活躍しそうだな。

その後、彼女は近くにあったお菓子を掴んで口に運ぶ。

「基本食事もできます！」

「おお！」

おいしそうに彼女は頬に手を当てている。

「そして、何かを吸収することで、魔力の回復につながります」

「そうなんだな……つまり、きちんと食事をしないと魔法が使えないってことか」

「……そうね。ただ、食事するとさっき言ったみたいに食べている間は端《はた》から見たらポルターガイストみたいになるわ」

「なるほどな」

俺には普通に彼女が見えるが、他の人からは見えてない。

……外で話をするときも注意が必要だな。

「お風呂もたぶん普通に入れると思うわね。一度だけどうしてもお風呂に入りたくて、銭湯に行ったことがあったけれど、問題なかったわ」

「……それは大丈夫なのか？　なんか、こうポルターガイスト的な感じにはならないのか？」

「湯には普通に浸《つ》かれたわね。しばらく、その銭湯では幽霊が出るって噂が立ったみたいで……そこは申し訳なかったけれど」

それにしても霊体は誰にも見えないんだよな。

ってことは俺も霊体になったら女湯とかにばれずに入れるのか。

「健吾ー？　何を考えているのかしら？」

「ち、違う！　変なことは別に考えてないからな!?」

「あら、そうなの？　何やらいやらしい顔をしていたのだけど」

「そ、そんな顔してたか？」

「考えてたの？　わ、私の裸とか？」

そ、そこは……。彼女を見る。女性らしく成長している実紅を見て、俺は顔が熱くなった。

彼女の勘ぐるような目から逃げるようにそっぽを向いた。

危ないところだった。

からかうように笑っているが、彼女も頬が少し赤い。……卑怯《ひきょう》者め。

と、実紅は思い出したように時計を見た。

「夕食はいつもどうしているの？」

……確かに、もう夕食の時間はとっくに過ぎている。

「……この時間くらいから、スーパーで弁当が安くなるんだ」

近くのスーパーの閉店時間は午後九時。現在時刻は八時だ。この時間が狙い目となる。

「お弁当、ね。ああいうのは添加物が入っていて、あんまり体に良くないのよ？　たまにくらいなら いいと思うけど」

確かにそうだが……楽だし、それに。

「俺、ほとんど料理できないしなぁ」

「それでどうして一人暮らしを始めたのよ」

「どうしても、冒険者やりたかったんだ。迷宮都市なら、たくさんの迷宮があるし」

自然発生した迷宮が、いくつもある。冒険者として過ごしていくのに、これほど優れた立地条件の場所はない。

一般人からすれば、危険も多くあるので移住したいという人もいるんだけど。

だから、意外と土地は安く、家賃なども他に比べて安い。

「本当に、冒険者を目指しているのね」

「……まあ、一流の冒険者に憧れるってのは今時の子なら普通だしな。みんな才能とか現実とか知って夢を変えるんだ」

「あなたは、良かったの？」

「俺は最高だよ。好きな人のために、冒険者として迷宮攻略できるんだからな！」

恥ずかしかったが、俺に後悔がないというのも伝えないといけない。

「も、もう……！」

実紅は頬を朱色に染めて、そっぽを向いた。

……それに、実紅を助けられるくらい戦えたら、一時的とはいえ一流の冒険者を名乗っても問題ないだろう。

「それじゃあ、スーパーが閉まる前に食材を買いに行きましょうか」

「そうだな。実紅も何か食べたいものあるか？」

「それはむしろ私が聞きたいわ。何か好きな食べものあるの？」

「……え？　それってどういうことだ？」

「私が作ってあげるわよ？」

実紅の手料理が食べられるだと？

ならば、急いで出かけるしかない。

○

というわけで、俺は実紅とともに近くのスーパーへと向かう。

カトーヨーカトーという店だ。

最近では冒険者相手の道具も取り扱い始めた万能な店だ。

「好きな食べ物、か」

「ええ、これでもなんでも作れるわよ。私、昔料理の勉強して――」

そこで彼女ははっとしたように口を閉ざした。

どうしたんだ？　なんかめっちゃ恥ずかしそうである。

「何かあるのか？」

別にその、いかがわしいものとかが置いてあるわけではない。

一体どうしたのだろう。少し心配だ。

「えと、その……な、なんでもないわ」

「本当にか？　……まさか、霊体だとスーパーに入れないとかそういうのじゃないよな？」

本気で心配すると、彼女はとても申し訳なさそうにそっぽを向いた。

……どうしたのだろうか本当に。

彼女の顔を窺《うかが》っていると、ぎゅっと唇を結んだあと、こちらを見てきた。

「違うわよ……その昔、料理を学んでたときのことを思い出しちゃって」

「……それでなんで赤面してるんだ」

「そ、その――ああ、もう！　私、お嫁さんに憧れてたの！　だから、それを思い出しちゃったの！」

「あ、ああ……そうなのか」

恥ずかしそうにしていた彼女が可愛くて、俺は直視できなかった。

ただ、俺は赤面して足を止めているわけにはいかない。

周りの人に実紅は見えていないからな。

俺が歩き出したところで、実紅が隣に並ぶ。

なんだか、こうしていると……本当に新婚夫婦みたいな気がするな。

……いや、世の中の新婚夫婦を観察してきたわけではないので、これが正しいかはわからないのだが。

まあ、他人からは一人でニヤニヤしている変態にしか見えないんだろうけどな！

「け、健吾……今日は迷宮に潜ってきたのよね？」

「ああ」

「体力のつくものを作ろうかしら。明日は土曜日だし、学校は休み？」

「そう、だな」

「それなら、豚の生姜《しょうが》焼きとかにしましょうか？　今からでもすぐできるし、どう？　生姜とか苦手？」

「いや、苦手なものはないから大丈夫だ！」

食べたことないものはわからないけどな。ナマコとか。

食材を彼女が指定して、俺が買い物かごに入れていく。

「何日か分の食材で……今のでだいたい三千円くらいだけどお金大丈夫？」

「一応、冒険者として稼いでいる分もあるし」

両親からの仕送りもある。

まあ、こちらはいずれ返す必要があるだろうが。

「そう？　それなら良かったわ。会計に行きましょうか」

結構色々カゴに入っている。

豚肉はもちろん、野菜とかもだ。

「出発前にお米の準備はしてきたし……あとはもう大丈夫、かしら？　調味料とかも一応あったし」

ぶつぶつと実紅がつぶやいている。

確かによく確認しないと、買い忘れって結構あるものだ。

そして家に帰ってから気づき、あとでまた買いに出る必要があったりな……。

買い物を終え、家に戻る。

すぐに実紅がキッチンに立って料理を始める。

俺も最低限の手伝いをして、出来上がったのは、豚の生姜焼きと野菜炒めだ。

すげぇ……俺にはこんな料理できない。

すべてが輝いて見えた。

「……まるで一流の料理人だ」

「それなら、全国一流だらけよ」

……俺には、本当にそんな風に見えたんだ。

彼女が微笑みながらテーブルの前に座った。

「それじゃあ、食べましょうか」

「あ、ああ……っいただきます！」

ご飯と一緒に生姜焼きを口に運ぶ。

な、なんだこのうまさは！　あまりのうまさに目を見開いてしまう。

「うまいっ。天才か実紅！」

「そ、そんなことないわよ。生姜もニンニクもチューブの加工されたものよ？　誰でも作れるわ」

「俺は作ったことないぞっ。あー、うまい……」

「あんまり食べてお腹《なか》壊さないでよ」

実紅も食事を始めた。魔力回復のために必要だったんだっけ。

食事が終わり、俺はせめてもと思い食器を洗う。

水の流れていく音を耳にしながら、実紅に問いかける。

「実紅、シャワーはどうする？」

「そうね……久しぶりにゆっくり入りたいし、借りてもいいかしら？」

「気にするのは順番くらいでいいんじゃないか？　わざわざ言わなくても使っていいよ」

「そ、そうね」

実紅もさすがに、この生活にまだ緊張しているようだ。

俺だって同じだが。

「タオルとかって必要か？」

「大丈夫よ。魔法で全部乾かせるし。そもそも、霊体は一定時間経てば、全部元の状態に戻るわ」

「……便利だな」

実紅がシャワーへと向かった。食器を洗い終えた俺は、しばらくバスルームのほうを見ていた。

……今あそこで実紅がシャワーを浴びているんだよな。

想像してしまい、慌てて首を振る。

いかんいかん。……いや、いかんのか？

結婚するとまで話している相手なのに、いかんと言うのは……むしろいかんのではないのか？

やばい。頭がパニックになってきた！

これ以上アホなことを考えるのはやめよう！

それからしばらくして、実紅がバスルームから出てきた。

「いいシャワーだったわ。あら？　どうしたの？　顔真っ赤じゃない」

シャワーを浴びたあとだからか、少しだけ頬が上気していた。

なんというか……雅《みやび》な姿だ。

俺が見とれていると、彼女がにやぁと口元を緩めて近づいてきた。

「どうしたの、もしかして……変なこと想像したのかしら？」

「し、してない！」

「したのね？　いやらしいわね」

「してないっ！　俺もシャワー浴びてくる！」

「私のあとだからって変な意識しなくていいわよ」

余計なこと言って！

いいようにからかわれているんだよな。……ただ、からかっているときの実紅の笑顔がカワイイから、俺は何も言えなかった。

とにかくシャワーを浴びたあと、部屋に戻ると、彼女はテレビを見ていた。

「あら、やっぱり男の子って早いのね」

ちらとこちらを見て、実紅が微笑む。

……部屋に自分以外がいるというのは、なんというか不思議な感覚だった。

「そういうものか？　とりあえず、俺はもう寝るけど……そういえば、睡眠はどうするんだ？」

「私は眠らなくても大丈夫よ」

「けど、寝ることはできるのか？」

「そうね。休んでいると、魔力が回復できるわね」

「それなら……ベッド、使うか？」

部屋に置かれたベッドを指さすと彼女は首を振った。

「さすがにそこまでは必要ないわよ」

「それでもなんかこう気分的になぁ……」

「……ほんと、健吾は私を人間みたいに扱うわね」

「そりゃあ俺からしたら本当に生きているし、そもそも……これから助けるんだからな」

「……それなら、一緒に寝る？」

彼女は少し頬を染め、それでも俺をからかうために全力を出したようだ。

その彼女の姿と言葉に、俺は顔が熱くなった。

そのまま気絶するかと思った。

「……い、いやそれはその色々問題が」

「結婚するのに？」

「……な、ないけど、それは――」

「さすがに、私としてはあなたを追い出してまでベッドで寝ることはできないわよ」

彼女の言いたいこともわかる。

実紅からすれば、生身の体を持つ俺にゆっくり休んでほしいということだろう。

だったら――うん。

「い、一緒に寝るか」

「え!?」

なんだその反応は！

「い、嫌だったか!?」

「ち、違くて……その、そう決断されるとは思ってなかったから……」

真っ赤になった彼女はしかし、首を振る。

「提案しておいて、否定するのは、ダメね。え、ええ。一緒に寝ましょうか」

「……あ、ああ」

実紅が俺のほうをじっと見てきて、微笑む。

「そんなに、顔を真っ赤にしなくてもいいわよ？」

「実紅だって……かなり赤いんだけど」

……そうだよ。

人に散々言っているわりに、実紅だって顔が真っ赤だった。

俺の必死の反抗に、実紅が頬をさらに赤くした。

「……だ、だって……私だって、初めてで、恥ずかしいし」

その反応が可愛くて、もうぶっ倒れるかと思った。

俺が先にベッドに入り、そのあとで彼女が入ってきた。

お互いに背中を向け合っていたが、もともと一人用だ。狭いな。

少し動くだけで背中が当たる。

それでも、お互いに何も言わず、布団に入った。

「そ、その……おやすみ」

「ええ……おやすみなさい」

俺は目を閉じた。しかし、ばくばくと心臓が鳴り続けていた。

いつもはすぐに眠れるのだが、今日ばかりはさすがに寝付くまで時間がかかった。

しかし、明日はいよいよ迷宮攻略だ。

ちゃんと休まないと、迷宮で致命的なミスを起こすかもしれない。

目を閉じて、しばらくすると、眠気が襲ってきた。

俺の迷宮攻略は放課後と休日だ。

今日は学校が終わったあと……放課後に攻略を行っていた。そして、迷宮から出てきたら、あの騒ぎだ。

やはり、体は疲れていたようだ。

「……おやすみ」

意識が薄れかけた瞬間に、そんな声が耳に届いた。

その後、頬に何か柔らかな感触もあったが、俺はそれに反応することはできなかった。

第三話　竜胆迷宮

迷宮が世界に初めて出現したとき、恐らく多くの人は絶望しただろう。

そこから現れる魔物たちには、銃火器などの近代兵器がまるで通用しなかったのだから。

当時の世の中はまさに絶望的な状況だったらしい。

そんな中で、ステータスの存在が知れ渡った。

きっかけは偶然だ。誰かがなんの気なしに「ステータス」と口にしたとき、ステータスカードが体内から現れたらしい。

それが、魔物と戦える力となった。

それから、人間たちは自然発生する迷宮を破壊し、スタンピードから世界を守っていった。

それでも――守り切れないときもあった。

そのときには、魔物を封印する力、というものも発見されていて、第一号の管理者が選定されたらしい。

人々は、そういった犠牲者から目を背《そむ》け、日々を生きてきた。

管理者がいる迷宮から魔物があふれ出てくることはないため、攻略が検討されることはない。

それでも、ときどき無謀にも迷宮を攻略しようとした人がいたのは、きっと名声とかが欲しかったからじゃないと思う。

きっと、そんな人たちも——管理者の霊体が見えていたのかもしれない。


俺は実紅とともに『竜胆迷宮』の入口に来ていた。

竜胆実紅が封印した迷宮だから、竜胆迷宮。

その入口は他の自然発生した迷宮と変わらない。

小山のような入口から奥に階段が延びている。

初めて迷宮を見たときは地獄につながる入口のように思えた。

今もそんな気分だ。

一度息を吐き、頬を叩いた。

「さて、行くとするか」

「無理、しなくてもいいわよ?」

「してないしてない」

隣に並ぶ不安そうな実紅に、手と首を振って返した。

装備品の準備はできている。以前、迷宮に潜ったときに偶然見つけたアイテムボックスに、必要と思われるものは色々と入れておいた。

ボックスという名称だが見た目は袋のようなもので、腰からだらりと提げている。

本来、アイテムボックスはF級冒険者が持っているような代物じゃない。

アイテムボックスの規模にもよるが、最低でも百万円から取引されるようなものだが……俺は手放すつもりはなかった。

少なくとも、冒険者としてやっている間はな。

逆に言えば、俺の持っているアイテムボックスを売却すれば、家族が今までにしてくれた仕送り分くらいは返せると思う。

アイテムボックスから一つの石を取り出す。

「……それって、脱出用魔石かしら？」

「ああ」

俺が取り出したのは脱出用魔石と呼ばれるものだ。

冒険者が迷宮に入る場合には必ず一つは持っておくように言われるものだ。

効果はその名の通り、迷宮内から脱出できるというもの。

これがある限り、とりあえずは安全だ。

……まあ、もちろん使用するのは俺なので、俺が使用できないような状況に追い込まれてしまえば、その限りでもないのだが。

あと滅茶苦茶高価だ。一つ二十万近くするものなので、駆け出し冒険者にはおいそれと手が出ないものだ。

とはいえ、これから挑む竜胆迷宮はS級に指定される高難易度の迷宮だ。

このアイテムに頼るときもきっと来るだろう。

竜胆迷宮の最奥に到達しないと、実紅は救えないんだからな。

多少の無茶は承知で、迷宮攻略をするしかない。

俺は腰に提げている剣も確かめる。挑む前にもきちんと確認はしているので、問題はなさそうだ。

昔は銃刀法違反等で禁止されていたが、特例がいくつか認められるようになった。

今俺は冒険者を示すバッジを左胸に着けている。

見える場所にバッジを着けておけば、外での武器の所持も問題ないというわけだ。

もちろん、スタンピード等の緊急時以外での使用は許されていない。

素振りを見せるだけで、逮捕されても文句は言えない。そのあたりはやはり、厳しいのだ。

あと冒険者でもっとも重要なのは……迷宮内は自己責任ということか。

すべての人は迷宮内で起きたことに関しては手出しができないということだ。

……簡単に言えば、迷宮内で犯罪が起きても国は一部の例外を除いて関与しないというわけだ。

もちろん、その事実を証拠とともに提示できれば、国も対応できる。実際の場面でも録画して提出すれば、一発だ。

だが、金、武器を奪われたと叫んだところで、証拠がなければ国では対応してくれないというわけだ。

まあ、それらの犯罪専門の冒険者がいる。万引きGメンのように、一般冒険者を装って迷宮内の治安を守る人たちもいる。

国だって、まったく何もしないというわけではない。

とにかく、一人で迷宮に入るのだけは危険だからやめたほうがいい、というのはよく聞く話である。

単純に魔物相手に一人ってのは危険だしね。

「……人、いないな」

迷宮に入る前に、俺は改めて周囲を見回した。

通常、迷宮というのはにぎわっているものだ。

だが、竜胆迷宮周辺には人がいない。

ただぽつんと、竜胆実紅と書かれた墓標《ぼひょう》だけがあった。

「そうね。だって、うまみないもの。メッチャ強いゴブリンが一階層から出るのよ？　無茶して攻略していったって意味ないじゃない」

「そっか。それじゃ俺一人で攻略していくしかないか」

「基本的にはそうなると思うわ。そうでなければ、協力してくれる冒険者仲間を誘ったり、あとはレアドロップに期待するとかじゃないかしら？」

冒険者仲間、か。あんまりいないんだよな……力こそすべての部分があるため、弱い俺なんかはそれだけで立場も悪い。

知り合いたちも竜胆迷宮を攻略すると言っても協力してくれないだろう。

みんなだって自分のステータスを上げるために毎日迷宮に潜っているんだからな。

そうなると……。

「レアドロップか」

「そういうのに憧れたことはないのかしら？　ほら、例えば人を召喚できるドロップアイテムとか」

「……あー、そんなのあったなぁ。まったく憧れなかったって言うと嘘になるな」

魔物が落としたドロップアイテムから人を召喚できることもあるとか。

サーヴァント系に属する超レアアイテム。

ドロップした中には異世界ファンタジーにしかいないようなエルフや獣人といった子もいたそうで、それはもう冒険者たちの中にはそれだけを狙って潜り続けている人もいるとか。

実際、テレビで見たことあるが、当たりは絶世の美女ということもあった。もちろん、男のこともあったが、それはそれで女性からの受けが良かった。

若干ランクは劣るが、かっこいいドラゴンとかも当たりだろう。

場合によっては、人型よりもむしろ当たりか？

ハズレは弱いし、見た目も気持ち悪い奴とかだ。例えば、ゾンビとか。

ただ、サーヴァントカードは一律に同じような高額で売買が行われている。

その理由は簡単で、サーヴァントカードの中身は召喚してみないとわからない。

そして、一番最初に召喚した人をマスターと認め、それ以外の人に付き従わない。

高値で売るか、自分の夢のために使うか、そのどちらかとなる。まさしく、ガチャのようなものだ。

「やっぱりそうなのね。昔もいたわよ？　それで実際叶えた人もいたわ」

それは羨《うらや》ましい人たちだね。

「けどまあ、今は実紅がいるからいいかな」

「……」

実紅の真っ赤な顔を見て、結構恥ずかしいことを言ったのだと気づいた。

とはいえ、素直な気持ちである。

恥ずかしいが、わざわざ訂正する必要もあるまい。……滅茶苦茶恥ずかしいが、俺はじっと我慢した。

というか、今はまずありえないレアドロップなんてどうでもいいんだ。

もちろんあれば嬉しい。仲間を増やせるんだからな。

だが、レアドロップなんて一生で一度手に入るかどうかだ。

……とにかくまずは一体、ゴブリンを狩るのが目標だ。

強化された俺のスキルなら、うまくいけば大幅なステータスアップだって期待できる。

倒せることを祈り、ステータスアップについても祈る。冒険者なのに、祈ってばかりになりそうだな。

「それじゃあ、行くとするか」

「そうね。そう、緊張しなくても大丈夫よ」

実紅が俺の手をそっと握ってくれた。

……それで、余計緊張したのは秘密だ。

○

実紅の手にまだ心はどきどきとしていた。

それでも、同時に勇気が湧いてくる。

嬉しくなってくる。絶対助け出してみせるって思えた。

「実紅……それじゃあ行くよ」

「ええ、そうね」

小山の中に入り、階段を下りていく。

……冒険者学園の迷宮と違い、整備されていないから明かりが少ない。

壁に埋め込まれた魔石が光っているので、まったく見えないわけではないが。

迷宮の構造は不可思議だ。

階段を下りて、とにかく地下へと下っていくのだが、例えば外で小山の下をドリルで掘ってみるとしよう。

どれだけ掘っても、普通の土しか出てこないのだ。

迷宮周辺を掘れば、迷宮を除去できるのではと昔そんな実験が行われたが、結果はただただ、小山の入口が浮かぶという不可思議な状況が出来上がっただけだ。

ゲーム的に言うと、破壊不能オブジェクトみたいなものだ。

そんなことを考えていると、まもなく第一階層に到達する。

「私の知識では、第一から第十は、草原エリアよ。腰ほどまでに伸びた雑草の塊、木々、岩に身を隠すゴブリンがいるわね」

「……おまけに、そこら中から出現するんだよな」

「ええ、そうね。だから、あまり一つの場所に留《とど》まるのはやめたほうがいいわね」

迷宮の魔物は一定時間で自然に現れる。

一応、迷宮内で制限がかかるようで、それを超えて出現することはない。

ただし、自然発生した迷宮――自然迷宮と呼ばれる場所では、限界を超えた魔物は外にあふれてきてしまう。

だから、こうした人工迷宮と比べて、攻略の優先度が高い。

冒険者には、スタンピード専用、あるいは迷宮専用にステータスカードと契約を結ぶ人もいるほどだ。

とはいえ、いくら迷宮専用といっても、俺のように特定の個人迷宮専用にまで特化する人はまずいない。

実紅も言っていたが、その迷宮攻略が終わったあとの将来どうすんの？　って話があるからね。

「とにかく、一体で行動しているゴブリンを探しましょう。そうでないと……厳しいわ」

一回目の戦闘は俺が持ち込んできた冒険者道具を駆使しながら、実紅の魔法で仕留めるという方針だ。

そして、手に入れた素材でステータスを強化……順調に行けば、あとは俺と実紅で戦えるようになるはずだ。

今回持ち込んだアイテムは、緊急時に使えるように揃えておいたものだ。

……さすがに全部使ったら経済的につらい。

これだけで、恐らく十万は超えるからな……使わないで済むなら、それに越したことはない。

慎重に身を隠して移動していく。

……迷宮の歩き方は散々学んできたからね。なんとかなるだろう。

ゴブリンを探して歩き、周囲の魔物の状況も把握していく。


一時間ほど歩き——やっと一体で行動しているゴブリンを見つけた。

俺は剣を構えながら、ちらと実紅を見た。

「あれを倒そうか」

「そうね。私の準備はできているわ。いつでもいいわよ」

「……ああ。それじゃあ、行くぞッ」

俺は一息ついてから、駆け出す。

実紅の魔法は発動の準備ができているが、確実に当てる必要がある。

そのために、俺が注意を引きつけるッ！

ゴブリンの動きは速かった。……もともと、俺の存在にはうっすらと気づいている様子だったからな。

「ガァ！」

ゴブリンがばっと振り返った。

醜悪な顔と向き合うことになる。ゴブリンなら、散々見てきた魔物だ。いまさら、気負うつもりはない。

一瞬でこちらに気づいたゴブリンは、次の瞬間には動き出していた。

速い。魔物の反応速度が俺の考えていたものとは比べ物にならない。

……昨日の放課後倒したオークとはレベルが違う。

実紅が言っていたから、警戒はしていたが、それでも俺の中に所詮《しょせん》はゴブリン、という認識がまったくなかったわけではない。

ゴブリンが手に持っていた棍棒《こんぼう》を軽く振り上げる。

片手で扱えるハンマーのような形状のそれを振り下ろしてきた。

ぶん、と空気が振動する。このまま突っ込めばやられる、それだけはわかった。

俺は突っ込もうとしていた体を止め、後退する。

ゴブリンの棍棒が地面を殴りつけた瞬間、その場の地面が捲《めく》れ上がった。

土が飛び散り、顔に当たるのだけは防ぐ。

……あのまま突っ込んでいたら、俺がこの土のようにぐちゃぐちゃになっていたな。

見た目は子どものようなのに、ゴブリンの持つ力は俺の想像を超えていた。

俺はアイテムボックスからアイテムを取り出し、ゴブリンに投擲《とうてき》する。

ゴブリンはそれを叩いて破壊する。瞬間、閃光《せんこう》があふれた。

「がぁ!?」

強い光がゴブリンを襲い、その目を潰《つぶ》した。

俺は目をかばっていたので問題ない。

閃光魔法石だ。

強い光を生み出す魔法が込められた魔道具で、魔物の視力を一時的に奪うことができるので冒険者たちに大人気だ。

実紅の魔法だけで仕留めきれるとも限らないので、俺も攻撃して、体力を削る。

俺は持っていた剣を振り下ろした。

一撃がゴブリンの腕を斬りつける。……硬い。

剣では皮膚の表面を傷つけるだけだった。武器が悪いのもあるが、俺の腕も関係しているはずだ。

やはり、ステータスが低いのが問題か。

俺の攻撃に合わせてか、ゴブリンは棍棒を振り抜いてきた。

目を潰しているのに、ほとんど俺のいた場所を捉えての一撃。

見れば、ゴブリンの鼻がひくついていた。

匂いで俺の位置を判断し、また攻撃してくる。

後退したところで、実紅の魔法がゴブリンの体を捉えた。

「ガァ！」

火の魔法がゴブリンの体を焼く。

だが、ゴブリンは大きく身震いし、それを払う。

「もう一発、頼めるか！」

「ええ、任せて」

ゴブリンの視力も回復してしまったようだ。目を擦《こす》ったあと、こちらを睨みつけてくる。

なんというギリギリの戦いだ。

正直言って吐きそうだ。

口が乾いていく。ぴりぴりと肌を刺す緊張感。

これが、本物の冒険者、か。

普通にしていれば、俺のようなF級冒険者では恐らくこのゴブリンを倒すことはできないだろう。

だからこそ、アイテムに頼るしかない。

俺はアイテムボックスから新たに取り出した魔石をゴブリンに投げつける。


ゴブリンは……学習能力まであるようだ。顔を覆いながら棍棒で魔石を殴りつける。

……今回は、助かったな。殴った瞬間、魔石が爆発した。俺が投げたのは、さっきとは違う。この魔石は……爆弾魔法石だ。

魔力で発動する爆発魔法が込められた魔石。購入の際には身分証明書の提示と用途や理由を聞かれるほどの威力を持つ。

それにはじかれたゴブリンは――それでもまだ立ち上がる。

おいおい。その爆弾二万もしたんだからな……！　俺泣きそうだ！

そこらの魔物なら一撃で倒せるだけの威力を持った攻撃。

少なくとも、別の迷宮にいたゴブリンは一撃で仕留められた。

……なのに、やはり、この迷宮のゴブリンは強さが違う！

緊急時のために一つだけ持っていた道具を失ってしまった。

ゴブリンは再び棍棒を振りかぶって、飛びかかってくる。

剣で受ける。しかし、一撃が重たい。受けるたび、体が流されそうになるほどの威力。

呼吸が乱れる。……これでも、冒険者としての活動期間は長い。

ステータスを持って生まれた者は、希望すれば、七歳から冒険者の教育を受けられる。

それからは、学園で管理している迷宮に入り、鍛えていくのだ。

だから、体力には自信があるほうだったんだけどな。

それでも、ゴブリンの動きは初めに比べて鈍い。実紅の魔法がかなり効いていたようだ。

これなら、なんとか捌《さば》けるか……？

時間を稼いでいると、強い魔力があふれた。見れば、実紅の準備が整っていた。

俺は魔石を取り出す。閃光があふれ、ゴブリンが顔を覆った。

……最初ほど効果はないみたいだ。

それでも、一瞬の時間を稼げれば十分だ。

実紅の放った魔法はまるで炎の竜だ。炎の竜がまっすぐにゴブリンへと向かい、その体に噛みついた。

噛みついた場所を含め、火の竜が絡みついた部分すべてを焼き尽くす。

すげぇ、あんな魔法が撃てるのかよ……。

軽く嫉妬《しっと》するレベルの威力だ。

炎の竜がゴブリンの全身を丸焦げにすると、ゴブリンが崩れ落ちる。

……もう、死んだようだな。

死体が消滅した。魔石とゴブリンの牙がドロップアイテムとして残る。

俺はそれを回収して、一息つく。

「……一度、離れてから『吸収』を使おうか」

「そうね。今の戦闘でゴブリンたちが集まると思うわ」

というわけで、俺は素材たちをアイテムボックスにしまい、その場を離れた。

……今すぐに『吸収』を使いたかったが、ステータスカードを見ながら、落ち着いて使用したい。

どれほど強化されるのかで、今後の方針が変わるからね。

それでも、ワクワクで口元が緩むのは抑えられなかった。

○

迷宮で安全な場所は二か所ある。

一つは安全地帯と呼ばれる場所だ。迷宮によってまちまちであるが、魔石に囲まれた空間があり、そこには一切魔物が近づかないのだ。

現在研究されている部分では、それらの魔石が魔物の嫌がる魔力を発しているからだという。

それらの研究から、市区町村には結界装置も作られたが……まだまだコストがかかるそうだ。

そのため、本当の緊急時以外は起動しない、という決まりだ。

……本当の緊急時というのは、実紅がしているような封印の必要がある規模のスタンピードとなった場合の時間稼ぎ、と考えて間違いない。

そんな事態に遭遇したことは、少なくとも俺が生きてきた中ではなかった。海外では、何度かあったらしいが。

もう一つは、階層と階層をつなぐ階段だ。

基本的に、魔物は階層の移動を行わない。……ただ、外に魔物が出てくる現象のように、自然迷宮では誰も魔物狩りを行わないと、魔物たちの移動が始まってしまう。

そうなると、なかなか厄介《やっかい》だ。下の階層から上がってきた魔物が、上の階層の魔物を倒し、それによって進化が促されたりすることもある。そうして移動した本来の階層以上の強さの魔物と対峙《たいじ》し、パーティーが全滅してしまったなんてこともあるとか。

だが、この迷宮は封印迷宮だ。人工的に作られたこの迷宮であれば、少なくとも、一階層と地上をつなぐ階段に魔物は出現しない。だからこそ、長年放置されてきたんだろうしな。

俺たちは今、その階段に来ていた。

「……なんとか、見つからずに戻ってこれたな」

「健吾、敵を回避するの上手ね」

「……まあな。一人で迷宮潜ってると、嫌でも鍛えられるんだ」

常に敵の先手を取り続けないと本気で死ぬからな。

その技術が無駄にならなくて良かった。

「たぶん健吾、基礎や基本はそこらの冒険者よりもずっと優れていると思うわ。迷宮の歩き方や、トラップの警戒とか……全部私よりうまいと思ったわ」

「そんなことないと思うが……」

「そんなことあるわ。誇っていいわよ」

実紅にそう言われるのなら、たぶんそうなんだろう。

一人でやってきたことが無駄にならなくて良かったと心から思った。

「それより……」

実紅はちょっとワクワクしたように俺のアイテムボックスを見てきた。

「素材の吸収、してみてよ」

「……そうだな」

やはり、元冒険者の彼女もこういうのに興味があるようだ。

その前に俺はステータスを確認する。

まずそこで驚いた。

鏑木健吾　『竜胆実紅の敵にのみ使う』
レベル０
物攻Ｃ（60）　物防Ｄ（53）　魔攻Ｅ（47）　魔防Ｄ（55）　敏捷Ｄ（52）　技術Ｃ（60）
スキル　『吸収：ＥＸ』

「全部のステータスが結構上がっているわね？」

「平均、５くらいかな？　……魔物を倒していきなりこれだけ上がるって普通じゃないよな？」

「ええ、そうね……そもそも一体倒したくらいじゃ上がらないことのほうが多いわよ」

「だよ、な。ってことは――」

俺の思考に合わせるように、彼女が頷《うなず》いた。

「考えられるとすれば三つね。一つは元のステータスが低かったから。もう一つはゴブリンが格上だったから、とか。三つ目は、私の封印迷宮だったからかしら？」

「やっぱり、竜胆迷宮内だったからじゃないか？」

俺が契約を結んだから、ではないだろうか？

実紅がこくりと頷いた。

「ええ。私もそう思うわ。あるいは、それらすべてが関係して、上がったのかもしれないわね。どちらにせよ、ステータスが上がることは悪いことじゃないからいいんじゃないかしら？」

「そうだな」

「この調子で戦っていきましょうか」

「ああ」

とりあえず……ゴブリンを倒せれば、ステータスはかなり上げられそうだ。それがいつまで続くかはわからないが。

同じ魔物を何度倒してもステータスがまったく上がらない、みたいな現象もあるらしいからな。ひたすらゴブリンだけを倒すみたいな実験を行ったが、一週間程度でステータスに変化が出なくなり、一か月で打ち切られたとか。

逆に言えば、その実験が成功すれば、すべての冒険者候補はひたすらゴブリンを狩り続ければS級冒険者になれたかもしれないというわけだ。

「とにかく……今は『吸収』だな」

「そうね」

楽しみだね。一体どんな成長をしてくれるのか。

俺は取り出した素材と魔石をとりあえず分けておく。

「同時に吸収しないの？」

「うん。どっちのほうがステータスの伸びがいいか調べるためにな」

「……なるほど。冷静ね」

ワクワクしていたらしく、彼女はそこまで頭が回っていなかったようだ。

「いや……ステータスの伸びが悪いほうは、今後売ろうかと思ってたんだよ」

「なるほど、現実的ね」

そう。まだ余裕はあるとはいえ、今後のことを考えれば貯蓄しておく必要がある。

第一、迷宮攻略したら結婚生活が待っているのだ。

貯金なしの男ではダメだろう。

というか、散々わがままを言ってきた両親にも返さないとだしな……。

まずは素材を体内に取り込む。

その瞬間、どくんと心臓が一度脈打つ。

……だが、それほどの変化はないように感じた。ステータスを確認するが、すべてが＋1、あるいは＋2程度だった、
いや、決して低いわけではない。だが、さっきのステータスアップを見ていた手前、若干の拍子抜け感があった。

次は魔石だ。

そんなに上がらなくてもゴブリン狩りで、しばらくステータスが上げられる。

そんな楽観的な感覚で吸収したのだが……瞬間、力が湧き上がってきた。

ステータスカードを取り出し、目を見開く。

「嘘……っ、こんなに上がるなんて！」

見れば、実紅もかなり驚いていた。

……俺だってそうだよ。

鏑木健吾　『竜胆実紅の敵にのみ使う』
レベル０
物攻Ｂ（76）　物防Ｃ（65）　魔攻Ｄ（59）　魔防Ｃ（65）　敏捷Ｃ（62）　技術Ｂ（72）
スキル
『吸収：ＥＸ』
↓『ゴブリン』

すべてのステータスが＋10も上がっていた。今まで貧弱だったステータスがたかが一度の戦闘でこれほど上がるとは思ってもいなかった。

学園にいたとき、異常に強い奴をチート野郎とか呼んでいる人がいたが、この俺のステータスアップも似たようなものだと思う。

これが今後も続けば、チート野郎の仲間入りだな。

それに、よくわからないスキルまで獲得していた。

「凄いわねっ、健吾」

実紅が俺のステータスカードを覗き込み、跳ねるように喜んでいた。

「あ、ああ……それに、なんだこのスキルは？」

「……派生スキル、かしら？　昔見たとき、こんな表記のされ方だった気がするわ」

派生スキル。俺も確かに聞いたことがある。

例えば、ファイアショットを使い続けていたら、新しくファイアキャノンを覚えた、とかそんな話は聞いたことがある。

スキルによっては、使っていけば成長するというのは、冒険者なら多くの人が知っていることだ。

だが、『ゴブリン』？　これに疑問を抱かずにはいられなかった。

……使って、みるか？

「試してみる価値はあると思うわ」

「……そう、だな」

どのみち、だ。今の俺には、力が欲しい。使ってみる他なかった。

実紅と一度視線をかわし……俺はスキル『ゴブリン』を発動する。

発動した瞬間、手に持つステータスカードにあった『ゴブリン』の文字が変化した。

『ゴブリン　レベル0』というものになって、なんとなく察したね。

次の瞬間、階段にすっと現れたのはゴブリンだ。

「ゴブ！」

一瞬警戒してしまったが、ゴブリンがこちらに襲い掛かってくることはない。

それどころか、異様になついているように見えた。

俺が手を出すと、お手をしてきた。

それを見た実紅が驚いたように目を見開いた。

俺も同じだな。

だってこれって、サーヴァントカードと同じことができてるんだからな！

しいて違いを挙げるなら、サーヴァントカードの場合、人間とそっくりの魔物が召喚できる。

今回の場合は、どちらかといえばサモン系スキルに似ているのだろうか？

「……吸収した魔物を召喚できる、ということかしら？」

「まだ、一体だけだからわからないけど、その可能性は十分あるな……」

「この先、たくさんの魔物を仲間にしたら、全部召喚できる……ってことかしら？　だったら、心強いわねっ」

「そうだな！　そうだったらいいな！」

この階層にいるゴブリンたちだってかなり強いんだからな。それと同じ強さのゴブリンが仲間にできるのなら、心強いなんてものじゃない。

ただ、少し不安があり、俺はゴブリンを見る。

このゴブリンは先程俺たちが倒したのとは違う姿をしている。

どこか可愛らしさがあった。

……なんだろうか。デフォルメされたゴブリンという感じだ。このままぬいぐるみとして売り出しても問題なさそうな感じ。

そんなゴブリンは手に小さな棒を持っていた。鉄パイプみたいなそれが、武器だろうか？

こちらに気づくと、きゃっきゃと跳ねている。

「子どもみたいでちょっと、カワイイわね」

実紅が手を伸ばすと、ゴブリンもそれに気づいたようだ。

嬉しそうにさらに大きく跳ねた。

「実紅のこと見えているみたいだな」

「あなたが召喚したからかしら？」

「……かもしれないし、ここが実紅の迷宮っていうのも関係しているかもね」

「まあ、それはどっちでもいいわね、別に」

そうだな。

ゴブリンが大きく跳ねたときだった。階段を踏み外し、ゴロゴロと転がっていった。

まったく。ただ、怪我はしていないようで、すぐに戻ってきた。

ちょっと反省、という感じで頭を下げている。

まあ……仲間としてゴブリンを召喚できたのはいい。

実紅がゴブリンの頭を軽く撫でると、ゴブリンは嬉しそうに目を細めた。

……いいなぁ。

俺がじっと見ていると、実紅が俺の視線に気づいたようだ。

いかん。俺が慌てて彼女から視線を外すと、実紅がにやぁ、と口元を緩めた。

「何かしら健吾？　その羨ましそうな視線は」

「い、いや、なんでもない」

「あら、そうなの？　健吾の頭も撫でてあげようかなぁ、って思っていたんだけど……じゃあ、いいかしら」

「……」

な、なんだと？　もっと素直に言っておけば良かったな。

俺が落ち込んでいると、実紅が俺の隣に並んだ。

「素直に言ってくれたら、撫でてあげてもいいわよ？」

「撫でてほしいです！」

反射的に叫んだ。先程の後悔もあったからだ。

とたん、実紅が驚いたようにこちらを見てきた。

「ちょ、ちょっと。そんなに大きな声出さないでよ」

「……わ、悪い。その、実紅にしてほしかったなぁ、って思って」

「……も、もう。わ、わかったわ」

実紅が頬を真っ赤にしながら、俺の頭を撫でてきた。

柔らかな感触に、心まで溶かされるような感覚。

ただ、緊張してしまって、それをゆっくり楽しむというほどの余裕はなかった。

「ど、どうかしら」

「あ、ありがとな……凄い元気出てきた！」

「そ、そう？　それなら……良かったわ」

嬉しそうに実紅が微笑む。

そのときだった。俺の服をずいずいと引っ張ってくる輩《やから》がいた。

放置されていたゴブリンが口をとがらせている。

すっかり、忘れていたな。

……魔物が出現しない場所にいるとはいえ、ここは迷宮だ。

気合を入れ直してから、俺はゴブリンを見る。

まずは、ゴブリンの能力を確認しないとだな。

「ゴブリン。何ができるんだ？」

「……ゴブ！」

「も、もしかしてわかるの健吾？」

実紅の期待するような目に、首を横に振る。

「わからん！」

「ゴブー！」

「……そうなのね」

ゴブリンも実紅もちょっとがっかりしている。

し、仕方ないだろ。

どうやら、魔物を管理できる立場でも、コミュニケーションまでは取れないようだな。

「とりあえず……ゴブリンも敵で出てくるし、名前でも決めておいたほうがいいかな？」

指示を出すときとかゴブリンと呼ぶと混乱するだろうしな。

俺の言葉に、ゴブリンは目を輝かせていた。

「名前、ね……ゴブリンをもじった名前とかかしら？」

「将来を期待してつけるのもいいかもな。ドラゴンとか」

「ご、ゴブ！」

ぶんぶんと首を振るゴブリン。さすがにそれは荷が重いみたいだな。

俺が考えていると、実紅がぴきーんと目を輝かせて口を開いた。

「それじゃあ……ゴブッチとか？」

なんていい名前なんだ。

「どうだゴブリン？」

「ゴブーっ！」

「嬉しそうだし、それでいいか」

ゴブリンは首を縦に振る。

それから俺は、ゴブリンに手を差し出す。

「それじゃあよろしくなゴブッチ」

俺の差し出した手を、ゴブッチも握り返してくれた。

「ゴブ！」

とりあえず、スキルはこんな感じか。

「……あとは、ゴブッチがどのくらい戦えるかよね？　もしも、一階層のゴブリンたちと同じくらいなら……かなりの戦力アップね」

「そう、だな。……それの確認も含めて、もう一度戦いに行くか。だいぶ体力も回復したし」

もう先程の戦闘の疲労は残っていない。

今度はゴブッチを連れて、一階層に向かう。

「ゴブッチ、俺たちは敵にデタラメに攻撃しないんだ。とにかく、一体のゴブリンを狙って戦うようにする、いいな？」

「ゴブ！」

「……けれど、ゴブッチ。あなた仲間と戦うことになるけど、大丈夫かしら？」

「ゴブゴブ！」

ブンブンと手に持ったパイプを振り回している。

やる気満々である。

「『お、俺には仲間を殺すことなんてできない！』みたいな葛藤《かっとう》はないの？」

実紅が妙に迫真な演技で言った。

実紅は結構漫画とか好きなのかもしれない。

「ゴブ！」

ない！　と言ったのはわかった。

これなら問題なさそうだ。

ゴブッチとともに歩くこと数分。群れから離れたゴブリンを見つけた。

魔法の準備が整ったところで、攻撃へと向かう。

「ゴブ！」

ゴブッチが殴る。

しかしまったく効いている様子はない！

ゴブリンがゴブッチを睨みつける！

ゴブッチに棍棒を叩きつけた！

ゴブッチが消滅した！

待て待て！

感傷に浸っている暇もない。今の一瞬で起きた出来事を把握するより、ゴブリンと戦わないといけない。

実紅も想定外だったようで、ぽかーんとしていたが、すでに魔法の準備だけはしている。

さすがだな。

「ガァ！」

こっちのゴブリンと比べて吠える声も迫力あるなぁ！
持っている棍棒だって、ゴブッチより強そうだ。
そして、それを見てから、かわしきる。
……ステータスが向上したからか。随分と動ける。
さっきのギリギリの戦いが嘘のようだ。
これなら、魔道具の使用も抑えられるだろう。
だからといって、無理はしない。
ゴブリンの攻撃が激しくなったところで、俺は閃光魔法石を放り投げた。
ゴブリンが両目を押さえて、うずくまる。
今だッ！
ゴブリンの腕へと剣を振り抜く。
剣はすっとゴブリンの腕を斬り裂く。
……さっきよりも手応えがあるぞ！
これなら、削れる……っ。
真っ先にやるのは、相手の機動力を奪うこと。
俺は執拗《しつよう》に片足を狙って斬りつける。
「魔法、行くわ」
実紅の声に合わせ、俺は後退する。

闇雲に棍棒を振り回していたゴブリンに、火魔法が襲い掛かる。

ゴブリンが体を起こしたが、かなり削られているようだ。

すかさず、飛びかかり、剣を振り抜く。ゴブリンの喉を剣が捉え、ゴブリンは膝から崩れ落ちた。

そして、魔石と素材だけが残った。

……やった。倒せた！

俺はすぐにそれを回収し、この場から離れる。

「健吾……動きがかなり良くなったわね」

「……そうだな」

それは自分でも思っていた。

もしかしたら、この迷宮内だと俺の動きが良くなっている？

初めの戦闘ではゴブリンの強さに圧倒されていたので気づかなかった。

「あなたの戦いを見ていて思ったんだけど、レベル0のステータスとは思えないのよね……」

「そう、なのか？」

実紅が滅茶苦茶驚いたような顔をしている。

それが普段見ない表情でやっぱり可愛い。

ただ、多少疑問もある。

成長したレベル0ならこのくらい戦えるのではないだろうか？　というものだ。

「たぶんだけど、あなたのステータスは普通のレベル0よりも優れているわ。以前ここに来た冒険者がいると言ったでしょう?」

「そう、だな。確かに、言ってたね」

「そのときの冒険者たちはゴブリンにも勝てずに逃げたのよ? まあ、あれはゴブリンの集団に挑んで、さらに集団のゴブリンに囲まれていたってのもあるけど……それでも、一体も倒せなかった」

「……そうなんだ。ってなると、俺のステータスはこの迷宮内で数値に出ない補正がかかっている、とか?」

「その可能性もあるわね」

契約が、関係しているのかもしれない。

「まあ、なんでもいいけど、強いんだったら強いでいいかな。そうすれば、実紅を助けられるんだしな」

「……そうね」

「それと……あとはゴブッチだな」

「……死んじゃったの?」

実紅が今にも泣きそうな声を上げた。

……とりあえずステータスカードを見てみるか。

俺たちは戦闘を切り上げ、安全地帯である一階層と地上をつなぐ階段へと移動した。

○

階段を椅子代わりに座る。

それから、ステータスカードを取り出してゴブリンを見る。


『ゴブッチ　レベル0　5：55：34』。


表記が変わっていた。

今も一秒ごとに一番後ろの数字が減っている。

「再召喚までの時間ってことか？」

「……かもしれないわね。ていうか、きっとそうよ。サーヴァントカードもこんな感じだったのよ」

それなら、この推測で間違っていないだろう。

ほっとしたように実紅が息をつく。

……本気で心配していたからな。それは実紅だけではない。

俺だって、仲間は一人でも多いほうがいい。

ゴブッチは明るく元気な奴だったから、一緒にいて楽しそうだったしな。

実紅がようやく安堵《あんど》できたようで、俺も安心だ。

「再召喚まで、六時間って感じかな？」

「恐らくそうね」

ここまでの移動に五分程度かかっていたし、きっとそうだろう。

何やら実紅は考えるように顎に手を当てていた。

「どうしたの？」

「ちょっと……色々できそうだなって思ってね」

「色々？」

俺が問うと、彼女は少し悩むように頷いた。

「その……えっと、酷《ひど》いとか言わない？」

「もちろん」

「例えばよ。敵の強さを知るために、ゴブッチとかの仲間をけしかけるとかもできそう」

「……酷い」

「酷いって言わないって言ったじゃない！」

「じょ、冗談だって」

ちょっとだけ、実紅の反応が見たくて言ったのだが、彼女はふんっとそっぽを向いてしまった。

まずい、怒らせてしまった！

その姿も可愛いのだが、今はそれ以上に焦りがあった。

「……まったくもう。あなたに嫌われたらどうしようかと思ったのよ」

「ご、ごめん」

「それじゃあ、さっき騙《だま》した罰よ」

そう言って彼女はふわりと浮かび、幽霊のように空中を移動し、俺の隣にくっつくように移動してきた。

「ちょ、ちょっと実紅……っ」

「罰として、今はくっつかせてもらうわね」

ば、罰っていうかそれご褒美《ほうび》だ！

けど、確かに！　ドキドキと心臓が高鳴って苦しくなるので、罰というのは正しいかもしれない。

俺は深呼吸して、自分を落ち着かせる。

とりあえず、ゴブッチが無事なことは確認できたので、次は『吸収』の時間だ。

今回調べたいのは、素材を吸収することで、さらにゴブリンが追加されるのかどうかというところだろうか。

それが可能なら、とりあえずゴブリンでチームが組める。

レベルが表示されているということは、強くもなれるのだろうし、やがては数の力で迷宮攻略だってできるかもしれない。

もう一度『吸収』を使用する。

また一つずつ……だが、一回目ほどステータスは上がっていないし、スキルが新しく追加されることもなかった。

鏑木健吾『竜胆実紅の敵にのみ使う』

レベル0
物攻A（83）　物防B（72）　魔攻C（67）　魔防B（71）　敏捷B（71）　技術A（81）
スキル
『吸収：EX』
↓『ゴブッチ　レベル0』

「やっぱり、簡単に上がるわね」

「確かに、昔と比較したら……凄い進歩だな」

ステータスの最高数値は100だ。この調子なら、100だって近い。

あとは、いつレベルアップできるかってところだな。

「ただ、ちょっと心配なのは、同じ魔物だとそこまで成長しないってところかしらね？」

「そう、だな。……この調子だと次あたりからは素材を吸収しても＋1くらいしか上昇しそうにないね」

「……いやまあ、それでも十分異常なんだけどね」

実紅の類が引きつっている。

ステータスの上昇はなかなか難しいと聞くからね。

「とりあえず、無理のない範囲で魔物を狩っていく方針で今後も進めていくってわけだな」

「そうね。結局、魔物の素材がないとステータスも上げられないしね」

基本の方針は固まった。

今は単独のゴブリンとしか戦えていないが、いずれは複数のゴブリンとも戦えるようになりたいな。

それからもう三体ほどゴブリンを仕留めたところで、俺たちは迷宮を出た。

○

今日一日で、合計五体のゴブリンを倒した。

それでもう体がくたくただ。原因は一体倒したら、逃げるように移動して……を繰り返していたからだ。

「魔石のほうが強化は良かった……かな？」

全部で五個の素材と四個の魔石を吸収しての感想だ。

そして予想通り、三回目からのステータス上昇は微々たるものだった。

それでも、昔に比べたら全然いいけどな……。俺が冒険者学園中等部で暮らした三年間、そこで上がったステータスって＋20くらいだからな……。

まあ、基礎とか基本を学べて、それを実紅に褒めてもらえたくらいだから悪いことばかりでもなかったわけだけど。

『吸収』について検証できたのは魔石、素材合わせ五回だ。

まだ確定するには少ないが、それでもたぶんこれが覆るということはないんじゃないかな？

「基本的には魔石のほうが優秀だと思うわ。ただ、もしかしたらレア素材とかだとまた違ってくるかもしれないわよ？」

「あー、そういえばそんなのもあったなぁ。……けど、レア素材って結構高額でやり取りされるし、売っておきたいのもあるかも」

「そうね。けど、一度くらいはやってみるのもありかもしれないわね」

だな。

それで低かったら、次からは売ってしまえばいいんだ。

……結局閃光魔法石を何度か使っているので、今後のことも考えて金策は考えておきたい。

「けど、ゴブリン相手に一対一で動けるようになったし、明日が楽しみだな！」

「明日も迷宮に潜るの？　健吾、今週どのくらい迷宮潜ってたの？」

「えーと……放課後は毎日、かな」

「それなら、明日は休みにしておいたほうがいいわ」

「け、けど……」

「私のことならゆっくり確実に助けてくれればいいわよ。そんな焦ったって仕方ないんだしね」

「……」

彼女の言う通り、今日も含めて疲労がそれなりにたまっていた。

無理して怪我とかしてもバカみたいだ。

「そういえば、健吾って、今高校生よね？」

「ああ」

「学校ってどうなっているの？　冒険者学園？」

「……いや、冒険者学園は落ちこぼれでその、進学できなかったんだよ」

……そういえばまだ、俺の事情をそこまで話していなかった。

俺の言葉に、実紅は頬をかいていた。

まずい。返事がしにくいよな。

「い、いや。俺が実紅とこうして出会えたのは、学園をやめたからなんだから、気にしないでくれって」

俺が落ちこぼれだったから、あの時間にあそこを通っていたんだからな！

「……それじゃあ、今健吾はどうしているの？」

「一般校に移ったんだ。そこで冒険者を目指しているってわけだ」

「一般校……それじゃあ冒険者学園と違って、迷宮に潜ってさえいれば単位がもらえるわけじゃないわよね？」

「……そ、そう、だな」

宿題とか、課題とか……色々あるのを思い出し、つめ寄ってきた彼女から視線を逸《そ》らす。

「私を助けたあと、冒険者を続けられるかわからないのでしょう？　高校中退とかになっちゃったら、まずいでしょう？」

「……そ、そうだな」

実紅との今後も考えたら、きちんと学校に通わないとだ。

……実を言うと、ある程度休んで迷宮に潜ることも検討していたんだが、それを口に出したら実紅に怒られそうなのでやめた。

俺は一つだけ残しておいた魔石を実紅に見せる。

「そういえば実紅、一つだけ魔石を残しておいたほうがいいって言っていたのはどうしてだ？」

「あのゴブリンからドロップする魔石。たぶんE、D級魔石なのよね。ゴブリンの素材よりもお金になるし、何より……私が魔道具を作れるわ。だから、必要なものがあれば言ってちょうだい」

「……そういうことか！」

閃光魔法石を毎回買っていたら、出費が馬鹿にならないからな……。今後の狩りの調子次第だが、彼女にお願いして魔道具は基本的に作ってもらったほうがいいのかもしれない。

方針はだいたい決まったな。

ステータスの上昇はゴブリンの討伐と、魔石によるもの。

ゴブリンの素材は、もうロクに上がらなくなったし、ギルドに持っていって少しでもお金に換えたほうがいいかもしれない。

また、本当にお金に困るか、武器や防具が欲しい場合は魔石も売ってお金を貯める、か。

魔石に込められる魔法は、基本的に魔石の質に応じて限界がある。

G級魔石に込められる魔法とS級魔石に込められる魔法では、その許容量の限界が大きく違う。

先程の閃光魔法石、爆弾魔法石は両方ともE級魔石を使用したものだ。

E級魔石でも、魔道具となれば結構な値段だ。

ただ、今後実紅が作ってくれるのなら、その出費が抑えられる。

……よし、順調だな。

家に着いたところで、実紅がキッチンに向かう。……今度、エプロンとか買ってこようか？　エプロン着けている実紅の姿が見てみたかった。

「一日、お疲れ様。ごはんは準備するから、シャワーでも浴びてきたらどう？」

「実紅は疲れてない？」

「私は基本魔法だけだしね。移動はあなたに憑依《ひょうい》するようにくっついてたし」

彼女はそれこそ背後霊のようについてくることもできた。途中からずっと張り付いてきて、色々柔らかいのが当たってそれどころじゃなかった。

俺はお言葉に甘えて、シャワーを浴びに行く。

学校か。

学校ともなると実紅とも離れ離れになる時間ができてしまうのだろうか？

ちょっと寂しいな。

第四話　学校

朝のことだった。

制服に着替えていた俺は、用意された朝食を見て、テーブルに向かう。

テーブル、といってもフローリングの床にぽん、と置かれたものだ。一人暮らしの俺にそんなおしゃれなテーブルは必要なかったからな。

彼女と向かい合うように座る。……味噌汁に目玉焼きに、ホカホカご飯。

朝食はいつも菓子パンとかで済ませていたので、これだけで涙が出てきそうだ。

何よりうまい！　実紅は料理の天才だった。

「そうだ。とりあえず俺は放課後にまた実紅の迷宮に行くつもりだ。たぶん、五時半くらいになるか？　実紅もその時間に合流でいい？」

「合流？　私も学校に行くのはダメかしら？」

「え？」

「い、嫌だったかしら？　……久しぶりに学校に行ってみたかったのだけど……あなたに迷惑かけるかしら？」

「いやそんなことないって！　ただ、もう実紅は家で休んでるもんだとばかりに思ってたからさ。一緒に行くの大歓迎だ！」

「本当？　それなら良かったわ」

ほっとしたように息をつく。

……そもそも、だ。一緒にいても誰にも気づかれないんだしな。

「けど、授業とか聞いても退屈じゃないかな？」

「高校生活を送っているあなたを見てみたいのよ」

「……う」

「顔真っ赤よ？　どうしたの？」

からかうように彼女が覗いてくる。

そ、そりゃあな。慣れていないんだから仕方ない。

頬をかいてから、こくりと小さく頷くしかできなかった。

俺は最後の仕上げに、ネクタイをしめる。

「ちょっと、曲がっているわよ？」

近づいてきた実紅が俺のネクタイをぎゅっとする。

「……実紅、ネクタイ結んだことあるのか？」

「前に言ったわよね。……将来の夢はお嫁さんだって。このくらい、覚えたのよ」

ちょっと頬が赤い。可愛いな……思わずぎゅっとしたくなって——してしまった。

「……い、いきなり何するの」

「わ、悪い……その、我慢できなくて、つい」

「……もう。別にいいわよ」

実紅はそれでも嫌がっている様子はない。

俺は少しだけ彼女を抱きしめてから、離れた。

実紅は耳まで真っ赤だ。けど、俺もたぶんそれに負けないくらい赤い。

って、いつまでもこうしてはいられない。遅刻してしまう。

遅刻の理由で彼女を抱きしめていたから、なんて恥ずかしくて言えない。

「それじゃあ学校行くか」

「ええ、そうね」

家を出て、俺は通っている高校まで少し早歩きで移動した。

○

学校での俺は、正直言って周りから距離を置かれていた。

……というのも、この学校に元冒険者学園の生徒がいないのが原因だ。

というか、普通冒険者学園に通っている生徒が、一般校に通うことが少ないのだ。

冒険者として魔物と戦うのは無理でも、例えば魔道具生成などの、生産職を選ぶ人がほとんどだからだ。

学校からもそれを勧められるし、実際俺もその道を提示された。

……ただ、俺の場合どっちにしろステータスが低かったことが災いしている。たぶん、別の道を進んでもいい結果にはならなかったのじゃないだろうか。

ステータスカードを持つほぼすべての人が、レベル1から2はあるのに、俺は0のままだったからな。


……というか、うちの高校にもステータスを持っている人が多い。

ただ、みんなレベル0のままとかで、最初から冒険者学園に通っていないそうだ。

元冒険者学園という肩書きを持つ俺は、たとえ転籍したといっても、凄い人に見えているらしい。

それこそ、彼らからすれば雲の上の存在なのだろう。

だから、みんな一歩、距離を置いているのだ。

……俺もどのように歩み寄ればいいのかわからない。

だって、実際の俺は最弱で、通用しなかったからここにいるわけだ。

元学園の生徒として接してこられても困るのだ。

というわけで、クラスでの俺はぼっちになってしまった。

……いや、冒険者学園にいたときよりもいいんだけどね。あのときは、あまりにも弱すぎてよくいじめられてたし……。

教室に着いた俺は、のんびりと周りを見ていた。

実紅も俺と周りとの距離に気づいたようだ。

「冒険者って、昔からそうだけどまだ特別な扱いを受けることが多いのかしら?」

『そう、かも』

さすがに教室でぶつぶつ話すわけにはいかないので、俺はスマホのメモ帳を使って文字を打ち込む。

「大変ね。私も……そうだったわね。S級ってだけで、やっぱり距離を置かれることがあったわ」

……強すぎたら強すぎたで、そういうこともあるんだな。

しばらくして教室が騒がしくなってきて、やがて教師が入ってきた。

「それじゃあ、ホームルーム始めるぞ」

もうそんな時間か。

実紅と話していたらあっという間に時間が過ぎたな。

○

昼休みになり、俺は実紅が用意してくれた弁当を持って教室を出た。

人の少ない場所は知っているので、そこに向かう。

「はぁ……つっかれたぁ!」

「お疲れ様。けど、まだ二時限あるわね」

もう早退して迷宮に潜りたい気持ちだったが、仕方ない。

弁当を取り出して、食べ始める。

「学校生活で誰かの手作り弁当を食べる日が来るとは思わなかったな」

「そう？　あなたの初めてになれて良かったわ」

……実紅はすぐに俺をからかうようなことを言ってくる。

思わずむせそうになっていると、実紅がさらに突っ込んできた。

「まだ、高校生活には馴染《なじ》めてない感じね」

「……そう、だな。ていうか、入学式から一か月経ってるし、もうたぶん卒業までこんな感じじゃないか？」

「……入学式から一週間で友達作れないと終わり、っていうのは今の時代もあるのかしら？」

「ああ、もちろんな……」

「忌《い》まわしき風習ね……」

俺たちは揃ってため息をつく。

実紅も似たような体験があるのかもしれない。

ただ、今こうして彼女と一緒にいられるだけで嬉しかった。

「私、冒険者学園にしかいなかったから、一般校って新鮮だわ」

「俺も、ちょっと色々驚いていている。冒険者学園ってみんなギラギラしてるもんね」

「そうね。周りみんなライバルみたいで、いつも切磋琢磨《せっさたくま》してたわね」

「……のんびり、してるんだよな一般校って。別に悪い意味じゃないけどな」

「そうね。私もいい意味で、そう思うわ」

だから、ちょっと気持ちに余裕が持てるようになったのはある。

冒険者学園にいたときは、今以上に焦りがあった。周りと常に比べられ、自分が大きく劣っているのがわかっていたからだ。

努力して、努力して……それでも、届かなかった。

「冒険者学園にいたときは、闇雲《やみくも》に頑張ってたんだ。有名になりたいとか、強い冒険者になりたいとか、誰かを助けたいとか……そういうの色々考えて、けど……漠然としてたかな」

「誰だって普通はそういうものよ」

「もっと、現実的に目標を立てていれば、もうちょっとだけ、マシなステータスになってたかもって思うんだ」

例えば、今は……ゴブリンを倒してステータスを上げる、という目標があった。

冒険者学園にいたときは、目の前のことばかりで、どうやって強くなるのか、そういった具体的なビジョンのようなものが見えていなかったと思う。

とにかく早く強くならないと！　ってばっかりだった。

「だから、実紅という助けたい人ができて良かったと思う」

「……あ、あなたね。いきなり、そんなこと、言わないでよ」

顔を真っ赤にしている実紅に、俺も思い出して照れてしまった。

何言ってるんだ俺。

恥ずかしそうにしている実紅が可愛くて、俺はちらちらと見てしまう。

……やばいな。朝からちょっとおかしいかも。

彼女と見つめ合うこと数秒――。

「実紅……その……き、キス、してもいいか?」

「な、何よいきなりっ」

「……い、いやその、えーっと」

……なんだか無性に、彼女が愛《いと》おしくなって、何かしたいと思ってしまった。

き、気持ち悪がられてしまっただろうか?

「わ、悪い、その――」

「……別に」

そこで、彼女は顔を真っ赤にしたまま、唇をわずかに尖《とが》らせて。

「……いいわよ」

消え入りそうな小さな声でそう言った。

い、いいのか。

ドキドキ、と心臓が高鳴る。彼女をじっと見つめ、そしてゆっくりと近づく。

そっと触れて、すぐに離れた。俺にはそれが限界だった。

ゴブリンと対峙しているときより、動悸が激しい気がする。

「……」

唇に手を当てた実紅は、ふふ、っと柔らかく微笑む。

「健吾、今他人から見たら一人で顔を真っ赤にしている変な人になっちゃってるわよ？」

「……そ、そうだよな」

「それでも、もう一度いい？」

嬉しそうに笑う彼女に、

「……いいよ」

受け入れるしかなかった。

第五話　仲間

一日の授業が終わり、放課後……。

学校から解き放たれたクラスメートたちが、どこかに遊びに行く話をしている中で、俺は教室を出た。

早く迷宮に行って、少しでも強くなりたかった。

「実紅、一つ確認したいんだけど……第二階層に出る魔物ってわかるか？」

「そうね……確かスライムだったかしら？」

「そうか……。ってことは、なるべく早めに階層を下りて仲間にできるのかどうか試しておきたい気もするな」

昨日、最初にゴブッチがドロップされたきり、何体ゴブリンを倒しても、もうドロップされることはなかったのだ。

「そうね。同じ魔物だから仲間にできなかったのか、あるいは他に制限があるのか……それらを調べるためにも、挑戦しておきたいわね」

魔物たちは死なない。

再召喚が可能ならば、とりあえず仲間にしておけば、いざというときの助けになってくれるだろう。

実紅が首を傾げた。

「じゃあ、今日は二階層を目指すって感じかしら？」

「うん。けど、その前にゴブッチも育成しないとな」

「……そうね。育成ってどんな感じなのかしらね？　サーヴァントカードと同じなら、一緒に戦っていればそのうち成長するけど」

「サーヴァントカードと違って、ステータスが見えないから、わかんないんだよな……」

通常のサーヴァントカードだと、俺たちのステータスカードと表記が同じだ。

だが、ゴブッチの場合それはない。ただ、レベルだけが書かれている。

とりあえず、一緒に戦ってみて、それでも成長しないようならまた別の方法を考えればいいだろう。

実紅の迷宮までは歩いて三十分ほど。バスを使えば十分程度だ。

バスで移動して、昨日同様実紅の迷宮前に着いた。

やっぱり誰もいない。そのほうが気楽でいい。

一階層に下りたところで、ゴブッチを召喚する。

「ゴブゥ！」

今日も相変わらず、やる気満々である。

「ゴブッチ、昨日のダメージは大丈夫か？」

「ゴブ！」

大丈夫そうだ。

「今日もゴブリンと戦っていくけど、とりあえずゴブッチは攻撃を食らわないタイミングのときだけ、攻撃に参加してくれ」

「ゴブッ！」

こくこくと首を縦に振っている。

これで、何度か戦闘を行ってゴブッチを観察するしかないだろう。

単独で行動しているゴブリンを探し、倒していく。

俺がゴブリンと戦い、俺に注意が集まったところでゴブッチが鉄パイプで殴りつける。

それを繰り返し、弱ったところで実紅がトドメを刺す。

ゴブッチはヒット&アウェイが上手だ。そして、俺の動きを見て合わせてくれているので、非常に俺としてもやりやすい。

そして——三体目となる戦闘の際だった。

……ゴブッチの動きが良くなってる？　と思えた。

俺とゴブッチの連係で敵を追いつめていく。

俺の一撃も、ゴブッチの一撃も、ゴブリンを怯《ひる》ませていく。

さすがにもう、ゴブリン相手に苦戦することはなくなっていた。

最後はいつものように実紅が魔法を放ち、その体を焼き切った。

「ゴブッチだいぶ動きが良くなってきたけど、もしかして成長したのか？」

「ゴブゥ！」

……けど、レベル0から上がってはいない。

となると、やはり目には見えないがステータスのようなものがあるのかもしれない。

俺たちのように数値的なものが上昇しているんだろう。

近づいてきた実紅が口元を緩めた。

「ゴブッチ、かなり動けていたわね。後ろから見ていたけど、もう一体相手なら二人だけでも戦えるんじゃないかしら？」

確かに、実紅が魔法を放たなくても、あのまま押し切れた可能性もあった。

「やっぱり一緒に戦うことで、ゴブッチにも経験値みたいなのが入っているってことで間違いなさそうだな」

実紅がこくりと頷く。

その隣にいたゴブッチが、えへんと胸を張っている。

「経験値、ね。ゲーム的に考えると、その経験値がどんな風に分配されているのかが気になるわね。健吾とゴブッチで分けられているのか、それとも健吾にだけ入っているのか……そこはどうやっても検証するのは難しそうだけど」

どうなんだろうな。

例えば、ゴブッチが見ているだけでも経験値を獲得できるのなら、その逆だっていずれはできるかもしれない。

ゴブッチが一人で倒して、俺のステータスが上昇するならそれほど楽なステータス上げはない。

ただ、一つはっきりしたのは、魔物は召喚している間しか経験値が入らないということだ。

それか、滅茶苦茶成長しづらいか、だな。例えば、控えている間にも経験値が入るような仕組みであればいいんだがな。

「とりあえず、今はゴブリンを倒していくか」

安全に狩れるようになったとはいえ、油断は禁物だ。

○

ゴブリン狩りを再開した俺たちが、八体目のゴブリンと対峙していたときだった。

それまでの戦闘と同じように俺がゴブリンを引きつけ、隙を見てゴブッチが殴る。

ゴブッチの一撃もだいぶ重くなったようで、ゴブリンが怯む姿を見る。

いいぞ……これならもう俺たちだけでも倒せるかもしれない。

期待していたときだった。

ゴブッチの体が光り、より強力な一撃がゴブリンを捉えた。

なんだそれは！

ゴブリンが吹き飛び、よろよろと体を起こす。

追撃に俺とゴブッチで殴りかかる。

驚きながらも反応できたのは、普段の鍛錬があったからこそだろう。

俺たちの一撃に耐え切れなくなったのか、ゴブリンはそのまま倒れた。

……初めて、実紅の魔法を使わずに倒せた。

その喜びはもちろんあったのだが、俺はゴブッチの放った一撃が忘れられなかった。

「ゴブッチ。今のスキルか？」

「ゴブゥ！」

褒めてほしそうに目を輝かせている。

可愛い奴だ。けど、俺より先に攻撃スキルを覚えたことに少し嫉妬する。

「凄いな。今のは何度でも使えるのか？」

「ゴブゴブ」

ぶんぶんと首を左右に振る。

無限に使えるわけではないようだ。

「何回くらい使えそうだ？」

「ゴブ！」

ゴブリンの手は人間のものと同じ作りだ。ゴブッチは両手をぱっと出してきたので、たぶん十回ってことか。

「それって魔力を消費するのか？」

「ゴブっ！」

「……ってことは、自然回復もするし、そこまで気にしなくても使える感じかな？」

「ゴブゴブ！」

頷いている。

迷宮は特に魔力が濃いので、呼吸しているだけでも魔力は回復していく。

ゴブッチが想像以上の成長をしてくれて、驚いている。

最初に一撃でやられたときは、盾くらいの役目しかこなせないのでは？　と不安だったが、これなら、二階層に下りても問題ないかもしれない。

「……ゴブッチもそうだけど、健吾の動きもかなり良くなってきたわね」

「そ、そうか？」

「ええ、かっこよかったわよ」

からかうように微笑む実紅に、俺は頬をかく。

……これならもう、次の階層に挑んでも問題ないだろう。

「実紅、スライムを倒しに行こうと思うんだけど……大丈夫かな？」

「ええ、大丈夫だと思うわ。二階層につながる階段はあっちね」

実紅がぴっと指さす。

「そういえば実紅ってこの迷宮の、構造とかわかるの？」

「ええ。一応ね。自分の迷宮だからかしら？　おおよそは把握しているわ」

「それはいいな」

初めての迷宮を訪れたとき、問題となるのが次の階層につながる階段が見つからないことだ。

「ただ、移動している魔物とかの特定まではできないわ」

「そうなんだ。けど、次の階段を見つけるのも大変だし、それだけで滅茶苦茶助かるよ」

「そう言ってもらえて良かったわ」

実紅がいなければ、ここまでの攻略はできなかっただろう。

さらに攻略を進めるためにも、俺たちはスライムがいるという、二階層につながる階段を下りていった。

○

迷宮で一番厄介なのは、すべての階層が似たような構造という点だろうか。

そのため、現在自分が何階層にいるかわからなくなることがある。

迷宮内を移動するためのスキルを持っている人なら、そういう事態に陥ることはないが、俺は持っていない。

だから冒険者は階層に入った時間と、現在の階層をメモしておくのがいいと言われている。

まあ、まだ二階層だ。そこまできっちりする必要もないんだけど。第一、実紅が把握できているらしいし。

スライムを探して、第二階層を移動する。

この階層にはスライムしかいないようで、すぐに見つけることができた。

ゴブリンと違い、群れで移動しているものは少ない。

一体はサッカーボール程度だろうか？　液体の塊のようなものに目と口がついていた。

……他の迷宮で見たスライムと違って、ちょっと可愛らしい。あれはぜひとも仲間にしたい。

「スライムは物理攻撃が効きにくかったよな、確か」

俺の問いに、実紅が頷く。

「ええ、だからエンチャントで武器に属性を付与して攻撃するか、魔法で攻撃するのが基本ね」

「実紅はエンチャントも使えるの？」

「火属性なら、使えるわ。すでに準備完了よ」

俺とゴブッチにエンチャントがかかる。

ぴくり、とスライムが反応して周囲を見る。

そして、こちらに気づいた。恐らく魔力に反応したのだろう。

相変わらず、ここの魔物は反応が早い。

「次の攻撃魔法までの戦闘をお願いね」

「わかってる……っ」

俺とゴブッチはスライムへ近づく。

スライムも俺たちの接近を黙って見ているわけではない。その体が何度か脈動すると、まっすぐに俺へと飛んできた。

それはまるで弾丸だ。俺は寸前で足を止め、かわした。

スライムが地面に着地。次にはまたすぐこちらへ向けて発射された。

見た目のわりにかなり機敏だ。

体当たりを行ったり、体の一部を剣のようなものに変化させて殴ってくる。

スライムは……少なくとも俺の知るスライムはＦ級の魔物だ。

魔法以外が通じにくいので、Ｆ級になっているが、魔法を使える人からすればゴブリンより弱いのでは？　と言われているほどだ。

俺とゴブッチは互いに距離を置き、攻撃に巻き込まれないようにしていた。

と、スライムは後ろに跳ねて距離を空け、その体をぷるぷると震わせ――次の瞬間はじけた。

それはショットガンとでも言おうか。

散弾のようにはじけたスライムが、俺にもぶつかり、衝撃にはじかれる。

い、いってぇ……。

そう何度もくらうわけにはいかないな。

予想もしていなかった一撃に、回避が間に合わなかった。あんな攻撃もあるのかよ！

スライムはすぐに合体して、また突進してくる。

くっ！　目のようなものがあるのだから、閃光魔法石も効くだろう。

タイミングよく放り投げると、スライムの動きが止まった。

予想的中だ。

隙だらけのその体に何度か攻撃したあと、実紅の魔法が仕留めた。

スライムが完全に動かなくなったのを確認してから、俺は武器をしまった。

「……想像以上に素早い魔物だったな」

「そう、ね。ここまで強いスライムなんて初めてだわ。でも、健吾も動きについていけていたわね。凄いわよ」

「まあ、実紅の魔法があるって思えばな」

フィニッシャーがいるというのは心強い。

それらが、あるかないかで、心の余裕が随分と変わってくる。

いつまで続くかわからない戦闘を続けるのは厳しいからな。

本当、実紅のおかげでなんとか攻略できてるな。

「ゴブ！」

ゴブッチが素材を回収してくれたので、アイテムボックスにしまう。

腕時計を見ると、もういい時間だった。

「そろそろ帰るかな。また、一階層と地上につながる階段で素材とかの吸収はしようと思う」

そろそろ、七時半になる。外はもう暗いだろう。

地上に出て、家に帰ればもっと遅くなる。夕食はどうしようか、なんて考えも浮かんできた。

「そうね。お疲れ様、二人とも」

とはいえ、まだ一階層を抜けて戻る必要がある。

戦闘は行わず、さっさと一階層を目指して移動すると、それほど時間をかけずに戻れた。

階段に腰かけ、ステータスカードを取り出す。

「やっぱり新しい魔物を倒すとステータスの伸びが大きいみたいね」

「そうだな」

覗き込んできた実紅に頷く。

スライムを倒したあとだったからか、すべてのステータスが上がっている。

これなら、魔石による強化も期待できそうだ。

問題は素材と魔石を吸収したあとだ。

お願いだから、スライムも仲間になってくれ。

俺は強く願いながら、素材を『吸収』する。

すると、ステータスが変化した。

鏑木健吾『竜胆実紅の敵にのみ使う』
レベル0
物攻S（95）　物防A（88）　魔攻A（80）　魔防A（86）　敏捷A（88）　技術S（93）
スキル

『吸収：EX』
↓『ゴブッチ　レベル0』
↓『スライム』

やった！　スライムが新しく増えたぞ。

「やったわね、健吾！」

「ああ！」

実紅と手をつなぎ、お互いにその場で喜ぶ。

よしよし、攻略は順調だ。

俺はさっそくスライムを召喚することにした
現れたのは先程戦ったのとほぼ同じスライムだ。同時に、ステータスカードの表記が『スライム　レベル0』になった。

「スラー！」

びしっとスライムは体の一部を変化させ、触手のようなものを作り、アピールしてきた。

まるでそれは、人間が敬礼をとっているかのようだ。

結構知能はしっかりしているな。

それに、スライムも実紅が見えているようで、俺だけでなく実紅にも向けて敬礼のようなものをしている。

ゴブッチにも気づくと、スライムはシュタッ！　とさらに敬礼した。

「……か、カワイイわね」

実紅はスライムがたいそう気に入ったようだ。

ふるふるとその手をスライムの頭へと伸ばしている。

頭を軽く撫でると、スライムは心地良さそうに目を細めている。

俺も触れてみる。ぷにぷにで気持ち良いな。ちょっとひんやりしているので、夏場とか枕にしたいかも。

「スライムの名前どうしようか」

問題はそこだ。ゴブッチのときは、実紅の天才的ネーミングに助けてもらった。

また彼女に助けてもらえないだろうかと、目をやる。

「……そうねぇ。戦闘のことを考えると必要だけど……スラ、スラ……」

と、実紅が考えているときだった。

スライムがぴょーんと跳ねた。

「スラァ！」

「スラスラがいいのか？」

「スラスラァ！」

スラスラがいいみたいだ。

じゃあそれでいいか？　と実紅を見ると、彼女も頷いている。

「スラスラ、いい名前ね」

実紅が言っているのだから、間違いないだろう。

「それじゃ、よろしくなスラスラ」

「スラッ」

「何かわからないことがあったら、先輩に聞くといい」

俺の言葉に、ゴブッチが胸を張る。

スラスラが触手を伸ばすと、ゴブッチもその手を握り返していた。

ゴブッチとスラスラは楽しそうにその場で踊り出した。

仲が良いのはいいことだな。

「それじゃあ、明日からは二匹の育成をしないとだな。ちなみに、三階層は何が出るんだ？」

「三階層は、スライムとゴブリンだわ」

……それなら、急いで攻略に向かう必要はないだろう。

ゆっくり確実に、強くなっていけばいいはずだ。

とはいえ、ある程度の目標、目安は決めておいたほうがいい。

「次の休日にはそこに挑めるくらいに成長したいな」

「そうね……これだけのペースで成長できるなら、十分可能だわ。……ゴブッチとスラスラもいるしね」

「そっか……それなら良かった」

「本当……あなたのステータス、異常なくらい凄いのよ」

「それじゃあ実紅のおかげだな」

実紅がいなければ魔物は倒せていないからな。

実紅に感謝していると、彼女は後ろで手を組んで微笑む。

「そう言ってくれるの、嬉しいわね」

「そ、そうか？」

上機嫌の実紅とともに外に出ると、後ろで組んでいた手がこちらに伸びてきた。

「一緒に歩いて帰りましょうか」

「……そう、だな」

ぎゅっと手を握り合って夜の街を歩く。

ステータスは順調に上がっている。あとは、いつレベルアップしてくれるかだな。

焦らず、ゆっくりと……俺は実紅とともに、家へ向かった。

第六話　ユニークモンスター

それから平日の放課後はひたすら迷宮に潜り、気づけば土曜日となった。

実紅と話して、毎週日曜日は休養日と決めた。といっても、学校の課題であったり、買い物だったりと、私生活の準備をする日と考えたほうがいい。

まあ、迷宮に入らない分、体を休められる。

迷宮は体の疲労が大きいからね。

きちんと休息を取らないと、動きが悪くなってしまう。

というわけで、今週の仕上げともいえる土曜日だ。

……目標としては、第三階層での戦闘だ。

これは決して無謀ではない。今の俺たちなら、十分に戦えるだけの成長をしてきた。

実紅の迷宮に移動しながら、俺はステータスカードを取り出した。

鏑木健吾『竜胆実紅の敵にのみ使う』
レベル0

物攻S（100）　物防S（100）　魔攻S（100）　魔防S（100）　敏捷S（100）
技術S（100）
スキル
『吸収：EX』
↓『ゴブッチ　レベル0』
↓『スラスラ　レベル0』

ステータスはかなり頑張ったこともあって、すべて100に到達していた。

改めてそのステータスを見た実紅は、

「……相変わらず、凄いステータスね」

そんなつぶやきとともに頬をひくつかせていた。

というのも、ステータスが100に到達したところを、彼女はほとんど見たことがないそうだ。

その前にレベルアップするのが当たり前だからだ。

「……どうしたらレベルアップできるんだろうな？」

ステータスで100を見れたのは嬉しい。

だが、レベルアップをしないと、俺はこれ以上強くなれない。

しかし俺の問いに、実紅は首を振る。

「それがわかれば世の冒険者も苦労しないんじゃないかしら」

「だよね」

はぁ、とお互いため息をつく。

ステータスの限界は100なため、レベルアップしないと今後の狩りが無駄になる。

だから、なるべくより深い階層に行く必要があった。

ここまでステータスが上がったこともあって、今の俺は一、二階層の魔物相手なら問題なく戦えるようにもなった。

いつもの通り、実紅の迷宮一階層に下りたところで、俺はゴブッチとスラスラを召喚する。

「ゴブ！」

「スラ！」

二匹は登場と同時に、ポーズをとる。ゴブッチは持っているパイプを天井へ向け、スラスラはその場でびよーんと体を伸ばす。

この二匹もかなり成長して、今では頼れる仲間たちだ。

「ゴブッチ、スラスラ。今日は三階層に向かうから、二階層までは先行してくれ。一応、ゴブッチには閃光魔法石も渡しておくぞ」

ゴブッチ用にアイテムを入れておける袋を渡す。ゴブッチはアイテムを適正に使い分けられるだけの頭脳がある。正直言って、それだけでも十分すぎるほどに活躍してくれる。

「閃光魔法石を使うときは、きちんとみんなに合図を出すように」

「ゴブ！」

といっても、俺の戦いを見てきたからか、きちんと投げる前には合図を出してくれる。賢い仲間だ。

「それと、スラスラにはいつものようにポーションね」

傷を癒やしてくれるポーション。それをスラスラに渡すと、ごくごくと飲んだ。

スラスラはそれを三本飲んで満足げに跳ねた。

攻撃と回復。スラスラにはこの二つをお願いしている。

スラスラは自分の体内にポーションを保管しておけるらしく、三日前からはこうして最初に飲ませている。

ポーションの回復要素を取り出し、それを仲間に吐きつけることで回復させられる。

そのきっかけは俺がポーションを飲んでいたときだった。スラスラが飲みたそうにしていて、まあそんなに高くないしというわけで一本渡した。

その後の戦闘で、ゴブッチが攻撃を受けたところで、スラスラが回復してあげていたんだ。

ただ、ポーションを仲間に使うときは、唾でも吐き掛けるような感じなので、人によっては受け付けないかもしれない。

ゴブッチとスラスラが先行し、俺と実紅でその後ろをついていく。

「まさか、一週間とちょっとでここまで攻略できるようになるとは思っていなかったわ」

「実紅の補助があったからこそだな」

「そんなことないわ。仲間の召喚、戦闘での立ち回り、連携の指導――それらは基本的に健吾がやってるじゃない。健吾の力よ」

実紅が笑って俺の背中にぴたっとくっつく。迷宮内の移動は、こんな感じで背後霊のようについてきていた。

……重さは感じないが、色々な感触が伝わってくる。

ま、まだ慣れないいんだよな。

俺の耳をくすぐるように実紅がささやいてくる。

「相変わらず、顔真っ赤にしてカワイイわね」

「……う、うるさい」

なかなか、その感触に慣れない。実紅は気にしていないのか、それとも俺をからかうためか何度かこうして押し付けてくる。

……迷宮内でこうしていられるのは、スラスラとゴブッチが優秀だからだ。

ちょうど、前方にゴブリンの群れが現れた。

敵は三体——それでももう、恐れることはない。

スラスラが体を分裂させ、弾丸のようにゴブリンたちに先制攻撃を放つ。

それに怯んだゴブリンの一体へ、ゴブッチが接近する。

鉄パイプを強く握りしめ、スキルを発動。

強打でゴブリンの頭を殴りつけると、倒れた。

数的不利はこれでなくなった。二対二……だが、ゴブリンたちの連携よりもゴブッチ、スラスラの動きのほうが優れていた。

ゴブッチの体にスラスラがまとわりつき、防具のようになる。ゴブリンがゴブッチを殴りつけたが、スラスラがそれを受け止める。

ゴブリンが棍棒を引き抜こうとしたが、スラスラが離さない。物理的な攻撃に関して、スラスラはかなりの耐久力がある。

そこへ、ゴブッチが殴りかかる。脇からもう一体が迫っていたが、そこは無視する。

ゴブッチは目の前のゴブリンを仕留めた。脇から迫っていたゴブリンの棍棒はスラスラが受ける。

スラスラは物理に対して強いが、無傷ではない。それでも、ポーションがあるため回復はいつでもできる。

ゴブッチは体をひねるようにしてパイプを振り回した。

崩れたゴブリンの頭を殴りつけると、ゴブリンがその場で崩れる。

崩れたゴブリンに、容赦なくゴブッチとスラスラが襲い掛かる。

倒れた状況からゴブリンが挽回できることはなかった。

……本当に二匹は強い。

「ゴブ！」

「スラ！」

二匹はドロップした素材を持って俺たちのほうへやってくる。

「お疲れ。ありがとね」

ゴブッチとスラスラの頭を撫で、素材を受け取る。

実紅も二匹の頭を撫でると、嬉しそうに二匹は再び前線に向かった。

そりゃあ実紅に頭を撫でられればやる気も出るよな。

俺もまた撫でてもらいたいという気持ちがあった。

頼んだら、撫でてくれるだろう。

け、けどからかったようにこちらを見てくるだろう。

……それはそれでカワイイんだけどさ。あまり頼みすぎても引かれると思うので、俺は実紅への気持ちを心に秘めておくことにした。

とにかく、戦闘に関して一階層はまったく問題がなくなったということだ。

どちらかという、二階層かな。あそこのスライムはエンチャントがないと厳しい。

魔法、か。

「エンチャントの魔法くらいは手に入れておきたいなぁ」

物理攻撃が入りにくい相手には必須の魔法だ。

そういう場合に必要になるのが、魔法書だ。

魔法の才能がなくても魔法を使えるようになるのだが……。

「魔法書はかなり高いわよ？」

「……だよな」

稀《まれ》に敵がドロップする魔法書というものがある。

魔法書を読むことで、新しく魔法を習得することが可能だ。

……そんな魔法書はもちろん高い。簡単に言えば、スキルが一つ増えるようなものなんだからな。

実紅が火魔法の使い手になったのも、いくつかの魔法書を読んだこと、またそれらを使い続け、派生スキルを獲得したからだそうだ。

とにかく今は、三階層を目指して進んでいこうか。

○

それから何度かゴブリンたちと戦ったものの、二階層にはすぐに到着した。

ここでもスラスラとゴブッチに任せて、進んでいく。

三階層までの道のりは昨日確認済みだ。

途中、実紅のエンチャントに頼りながらも、スライムたちを倒し、素材を集めながら進んでいき――。

三階層に到着した。

ここで厄介なのは、スライムとゴブリンが同時に出現することだ。

階層が深くなれば魔物の強さもそれに合わせて上がっていく。

……スライムは実紅のエンチャントか魔法がなければ倒せない。だから、ゴブリンとは俺たちで戦う。

「いいか、スラスラ、ゴブッチ。これからの戦いでは敵を倒すことよりも、実紅の魔法までの時間を稼ぐことを優先する」

「ゴブゴブ」

「スラ！」

連携についての打ち合わせをしているときだった。

ぞくり、と悪寒が走った。続いて、激しい咆哮《ほうこう》――。

「……な、なんだ？」

「もしかして――」

実紅の表情が険《けわ》しくなる。

声のしたほうに視線を向ける。そこには、見たこともないゴブリンがいた。

「……進化、したのかもしれないわ」

「なんだって……？」

迷宮内の魔物には、稀に他の魔物を狙って殺すように動く、ユニークモンスターがいる。

ユニークモンスターが魔物を狙う理由は成長のためだ。

奴らは、魔物を仕留めることで、俺たちと同じように成長できてしまう。

そういうのもあって、ユニークモンスターは異常な強さを持っている。気づかれる前に、逃げる必要がある。

だが――進化したゴブリンはこちらに気づくと恐ろしい勢いで迫ってきた。

恐ろしい形相のゴブリンを見た俺が、真っ先に決断したのは——逃走だ。

無理に、戦う必要もない。

まだ勝てるかどうかもわからない相手だ
死ねばすべてが無駄になる。

「二階層に避難する……っ。スラスラ、時間稼ぎを頼む！」

「スラ！」

スラスラが弾丸のように進化したゴブリン——ハイ・ゴブリンとでも呼ぼうか。そいつにタックルをする。

スラスラの突進に合わせ、ハイ・ゴブリンは拳を振り抜いた。

スラスラはそれこそボールのように殴り飛ばされる。

それでもまだ、やられていないようだ。さすがに、物理攻撃に対しては強いな。

ハイ・ゴブリンの動きがそれで一瞬止まる。

俺はスラスラとゴブッチをステータスカードに戻し、階段を駆け上がる。

「健吾っ、ハイ・ゴブリンが追ってきているわ！」

俺の背中に張り付いていた実紅が叫ぶ。

「マジかよ!?　……まさか、ハイ・ゴブリンは第四階層の魔物、か？」

迷宮の外に魔物は出ない。だが、迷宮の階層を移動する魔物がいることはある。

本来よりも下の階層の魔物と遭遇し、命を落とした冒険者も決して少なくない。

「違うわ。第四階層はプラントしか出ないわ。第五階層はゴブリンの亜種だけど……あれとは違うわ」

「くそっ。それじゃあやっぱり三階層で出現したユニークモンスターってことか……」

同じ階層に出現する魔物を敵と認識して襲い掛かるのが、ユニークモンスターの基準だ。ハイ・ゴブリンはまさにそれを満たしていた。

階段を上り切り、とりあえず二階層に上がる。

だが、追いかけられている以上、やるしかない。

三階層で戦うよりは、二階層のほうがやりやすいだろう。……追ってこないのが一番だが。

スラスラとゴブッチを再び召喚すると、二匹とも戦闘態勢を整えていた。

「ゴブっ」

「スラ！」

やる気は十分なようだ。

「ゴブッチ、スラスラ。いつものようにやるぞ。ゴブッチは危険と感じたら、すぐに閃光魔法石を使ってくれ。スラスラは仲間の防御と回復を優先に行動してくれ！」

「ゴブ！」

「スラ！」

二匹とも、すぐに理解して行動してくれる。

前に実紅が言っていたが、二匹の魔物がもっとも優れているのは人間の言葉を理解し、実行することができるほどの知能を持っている点だった。

それは俺も同意だ。俺の表情や雰囲気から、危険な相手、というのを理解してくれている。最小限の説明で二匹はすぐに行動してくれるのだから、本当に助かる。

二匹が動いたところで、実紅も魔法の準備を行う。

もちろん俺に張り付いたまま。だが、感触はなくなっていて、いるかどうかもわからない。霊体はそういった操作までできるらしい。

彼女が近くにいる理由は簡単だ。仲間が増えたことで指示出しをする場面が増えてきたからだ。

だからこそ、彼女は俺にくっついて動き、常に周囲の状況を見て報告してくれる。

俺の死角も補ってくれるので、やりやすい。

ゴブッチとスラスラが攻撃を仕掛ける。

それに合わせ、俺も突っ込んだ……その瞬間だった。

ハイ・ゴブリンの胸が膨れあがる。人間でいう肺の部分だ。

そして――

「ガァァ！」

つんざくような激しい咆哮が空気を震わせる。

いち早く動いたのはスラスラとゴブッチだ。野生の勘だろうか。

相手の咆哮が質量を持って襲い掛かる前に、俺の体を突き飛ばしてくれた。

遅れて咆哮による衝撃が駆け抜ける。

はじき飛ばされた俺だが、直撃ではなかった。

すぐに態勢を立て直す。

だが……そこにゴブッチとスラスラの姿がない。

先ほどの咆哮でハイ・ゴブリンの足元が捲れ上がっていた。それほど強力な技だったのだろう。直撃していたら、俺ももう動けなくなっていたかもしれない。

二匹は……俺を庇《かば》ってくれたんだ。

成長してからの二匹が、一撃でやられたことは一度もない。

それほどの、強者——か。

体が震えだしそうになるのを、俺は必死にこらえた。

「健吾、逃げるべきだわ！　あなたはまだ、このゴブリンには勝てないわ！　ゴブリンやスライムよりも格上よ……っ。階級で言えばＣ級以上はある魔物よっ！」

……かも、しれない。

だが、逃げてどうするんだ？　第二階層までこいつは追いかけてきた。

わからないが、第一階層にまで来てしまったらどうする？

ハイ・ゴブリンが徘徊《はいかい》するようになってしまったら、俺はもうこの迷宮を突破できない。

問題はそれだけじゃない。

ハイ・ゴブリンはまだ進化するかもしれない。

さらに強い魔物になってしまったら、もう本当に俺には手の出しようがなくなる。そうなってしまったら、実紅を助けることなんてできないじゃないか！

ここで逃げれば命は助かるかもしれない。

万全の準備を整えれば、勝てるかもしれない。

だが、その逆――先ほど予想した俺の最悪のパターンがすべて重なったら……もう二度と俺がハイ・ゴブリンを倒せる機会はないかもしれない。

……なら、ここで倒すしかない。

無茶は初めから承知だ。

それでも、実紅を助けるために俺はここにいる！

「実紅、こいつを倒さないと俺はおまえと結婚できないっ！　だから、倒す！」

賢い実紅なら、それだけで理解してくれるはずだ。

若干頬を染めた彼女は、それからゆっくりと頷いた。

俺は息を吐き、その場で剣を構える。

持っている戦闘に使えるアイテムは閃光魔法石が一つ、爆弾魔法石が三つ、体力回復ポーションが五つ。

全部使ったら大赤字。泣きたくなるが、死ぬよりましだ。

ハイ・ゴブリンが大地を蹴る。その姿を改めて観察し、弱点を見つけることに努める。

手に持っているのは刀のようなものだ。見た目は普通のゴブリンよりも一回り大きい。

落ち武者のような鎧《よろい》まで身に着けている。ハイ・ゴブリンというよりは、武者ゴブリンとかのほうがしっくりくるかもしれないな。

ハイ・ゴブリンが刀を振り抜き、俺もそれに当てる。

学園で学んだ知識を総動員し、相手の力を利用するように力の加減を調整していく。

真っ向からの力勝負ができるほど、俺のステータスは優れていない。

ハイ・ゴブリンの攻撃を捌ききったところで、突っ込む。

もちろん、先ほど二匹を倒したスキルを警戒している。だが、使ってこない。

魔物たちだって無限にスキルが使えるわけではないはずだ。

魔力消費の多い技だったのかもしれない。油断はできないが、すべて警戒したまま戦えるほど俺は強者じゃない。

わかっていても、対処できない可能性がある。なら、優先するのは危険でも、スキルを使われる前に倒すこと。

ある程度のリスクを承知で、攻撃を行っていく。

ハイ・ゴブリンの一撃は重たい。だが、荒い。

刀を寸前でかわし、返す一撃でハイ・ゴブリンの喉を狙う。

急所を狙った一撃はしかし、避けられる。

振り下ろすように足を斬る。ハイ・ゴブリンの皮膚は硬く、なかなか思うように攻撃が入らない。

力を込めての一撃……それによって俺は一瞬ハイ・ゴブリンを見失うが、すぐに実紅からの指示が出る。

今なら、仮に目を潰されてもハイ・ゴブリンの動きがわかるほどだ。

横に転がってかわし、追撃を後退して避けた。

「健吾、スライムが近くに来たわ」

実紅の冷静な声が、俺を落ち着かせてくれる。

……逆境ではあるが、諦めるわけにはいかない。

スライムたちにどう対処する？

俺はそちらに視線を向けながら考えていたが、その必要はなさそうだった。

幸運にもスライムが狙ったのはハイ・ゴブリンだった。

鋭い突撃が、ハイ・ゴブリンの背中に当たった。

ハイ・ゴブリンは一瞬よろめいたあと、スライムを睨みつける。

そして、拳を振り上げ、殴った。

ハイ・ゴブリンの一撃を受けたスライムは、俺の近くに転がってきた。

見つめ合うこと数秒。スライムが俺を狙ってきやがった。

その攻撃をかわしながら、ハイ・ゴブリンを見る。

ユニークモンスターは、迷宮の魔物たちにも攻撃される。だからこそ、彼らは迷宮の魔物を倒し、進化しようとしているのかもしれない。自らの身を守るために。

そう思えば多少の同情が湧き上がる。だからといって、殺されてやるつもりはない。彼を倒し、その力を吸収するだけだ。そこは、俺だって同じだ。

「スライムは、私が片付けるわ」

「頼む！」

実紅が用意してくれていた魔法が、スライムを焼いた。

スライムを倒したところで、大きく深呼吸する。

だが、ハイ・ゴブリンは俺を休ませてはくれなかった。

ハイ・ゴブリンが大地を蹴り、俺へと迫る。

攻撃をかわし、反撃を与える。

だが、ハイ・ゴブリンの動きが加速する。

その速度に――俺はついていけなかった。

ハイ・ゴブリンの振り抜いた一撃を剣で受けたが、体勢が悪くはじかれた。

「く……っそっ！」

顔を上げ、俺はハイ・ゴブリンを睨みつける。

その場でうずくまり、痛みをこらえるように、俺は演技した。

ハイ・ゴブリンは俺の様子を見て、いたぶるようにゆっくり近づいてくる。

あと、少し、あと少しだ。

多少の知能があることが、俺の演技に付き合うだけの余裕を生んだのだろう。

ハイ・ゴブリンが俺の近くまで来た瞬間に――俺は閃光魔法石を使った。

「がぁ!?」

ハイ・ゴブリンは声を上げ、両手で目を覆った。

しかし、遅い。ハイ・ゴブリンは目を押さえながら、刀を振り回すが、俺はその背後から剣を振り抜いた。

よろめいたハイ・ゴブリンへ剣の雨を浴びせる。

連続の刃がハイ・ゴブリンの体を傷つけていく……大ダメージって感じには見えないのだけが、俺を焦らせる。

ハイ・ゴブリンがよろめきながらも、目を閉じたまま攻撃から俺の位置を把握して反撃してくる。

しかしすでにそこに俺はいない。息をひそめるように、最速の剣を叩きこむ。

今までの攻撃がまったく効いていないわけじゃない。

その証拠に、ハイ・ゴブリンの呼吸が荒くなっていた。

ハイ・ゴブリンの片目が開いて、こちらを見た。

閃光魔法石の効果が、切れ始めたのだろう。

しかし、もう遅い。これで、終わりだっ。

俺は持っていた爆弾魔法石をばらまきながら、後退する。それらに魔力を込め、起爆する。

俺の魔力に反応し、魔法石が次々と爆発する。

爆音とともに、空気が揺れる。

土煙が浮かび上がったそちらに視線を向ける。

やったか……？

そう思った瞬間だった。そこに影が見えた。ハイ・ゴブリンは肩で息をしながらも、まだ立っていた。

その両目には強い怒りが見て取れた。

「ガァァ！」

……今の、一撃でもダメ、なのか？

俺が持てる全力を注いだ一撃だ。

なのに……足りないのか。

持っているアイテムはすべて使った。

あとは、この剣で仕留めるしかない。

剣を握りしめるより先に、ハイ・ゴブリンが動いていた。

速い……っ。ここに来て、さらに速くなるのかっ。

なんとか反応してかわした。

だが、次に振り抜かれた刀を避けきれない。

左腕を斬りつけられた。かなりの力が込もっていて、じわりとした痛みが腕を襲う。

幸いなのだろうか。斬られたのではなく殴られた、という痛みだった。

さらにハイ・ゴブリンが迫ってくる。

腕の痛みで反応が遅れ、かわしきれなかった。

ハイ・ゴブリンに再び殴られ、俺は大きく後退する。

「くそっ！」

あまりの痛みにむせる。目から涙が出てくる。たぶんだが、骨が折れた。ただ、この傷ならポーションで十分治せるレベルだ。

……だが、それを飲む暇がなかった。

ハイ・ゴブリンがもう一度俺との距離をつめてこようとしたときだった。

ハイ・ゴブリンの体を火の渦が囲んだ。

「……実紅、っ」

「魔法の準備ができたわ。……あとは、私に任せなさい」

実紅が頼もしい笑顔とともに魔法を放つ。渦に呑《の》まれたハイ・ゴブリンはそこから逃げようともがいた。

だが、火はそれを許さない。降り注ぐ火が、ハイ・ゴブリンの体を焼いていく。

焼け落ちていく肌、必死に助けを求めるようなハイ・ゴブリンの表情に、先程とは立場が逆転したのだとわかった。

……助かっ、た。

実紅の魔法が終わったときには、いつものように素材だけが残っていた。

俺は残っていたすべてのポーションを飲んだ。それでようやく腕の痛みも消えた。

結局、アイテムはすべて使ってしまったな。

実紅がいなかったら、死んでいたかもしれない……危なかった。

第七話　ステータスバグ

「健吾っ、大丈夫!?」

泣きそうな顔で実紅が近づいてくる。

その表情に俺は、なんとか笑顔を返した。

「実紅のおかげで、なんとかかな」

「……ごめんね。魔法の準備に手間取ってしまって」

「……いや、助かったよ。ほんと、ありがとう」

実紅の目に涙が浮かんでいく。

俺はそんな彼女に、何も言えず素材と魔石を回収しに向かう。

今日はもう、戦うだけの気力が残っていない。

「実紅……とりあえず迷宮から出ようか」

「そう、ね」

……情けない。

彼女を助けると言っておきながら、悲しませてしまっている。

順調に進んでいたわけじゃない。……俺はまだ、彼女を助けられるほどの男じゃない。

今回だって、実紅がいなかったら——。

もっと、もっと強くなりたい。

強くならないと、大好きな人も助けられない。

もう、実紅を泣かせないように……そんな男にならないと。

迷宮から出るまで、実紅は一切口を開かなかった。

俺も、なんて声をかければいいかわからない。

外に出ると、夕暮れだ。しかし、その美しさを楽しむこともできなかった。

このまま黙っていても仕方ない、と思って俺は実紅の手を掴んだ。

「実紅。帰りにギルドで素材を売ろうと思うんだけど、いいか？」

「……そうね」

迷宮を出てからも、実紅の表情は暗い。

それを見ているのが嫌で、俺は何度も声をかけ続ける。

「明日はどこか遊びにでも行くか？　それとも、家でゆっくりしてるか？」

「……そう、ね。私は、たまには家で休んでいたい、かしら。あなたも疲れていると思うし」

「俺は別に大丈夫だって。それでさ——」

とにかく明るい話をしていれば、彼女の不安げな表情もなくなるだろう。

「健吾」

そんな思考とともに話していた俺の言葉に、彼女の声が割り込む。

実紅のつらそうな顔に、ぎゅっと胸が痛んだ。

彼女にこんな顔をさせてしまっている自分が、情けなくて悔しい。

助ける、結婚する……そんな言葉だけで、俺の実力はまるでついていきていない。

「いつ、また今日みたいなことが起こるかわからないわ……。無理に、攻略を進めなくてもいいんじゃないかしら？」

実紅はハイ・ゴブリンとの戦いの最中、ずっと不安そうだった。

それが彼女の本心なんだろう。

「……今日はイレギュラーだったし、それに、万が一の場合は脱出用のアイテムも用意しているから」

「けど、あなたが戦ったのは、私を助けるためでしょ？」

それは否定できない。

あのままハイ・ゴブリンを放置してしまえば、俺がもう一度挑むことができないほどに、進化されていたかもしれない。

それが、もっと高階層ならば害はないが、一階層をうろつかれてしまっては、俺が迷宮に再び入るのも難しくなる。

だからこそ、あの場面で多少の無茶を承知で、倒そうと決意した。

俺が黙っていると、実紅は唇をぎゅっと結んだあと、首を振る。

「私は……私のためにあなたが死ぬかもしれないってなったら、耐えきれないのよ」

……それもそうだよな。

俺は実紅を助けるために、命を懸けているようなものだ。

もしも俺が逆の立場なら、止めるかもしれない。いや、絶対に止める。自分のためになんて、やめてくれって。

「実紅……のためだけじゃない」

だから、今伝えるのは俺の気持ちだ。

実紅を助けるためだけに、迷宮に潜っているわけじゃないってこと。それをちゃんと伝えるんだ。

「きっかけは、実紅だった。実紅っていう……カワイイ女の子を助けたいって思ったからだ」

「……」

実紅の顔を見て、俺は必死に訴える。

「けど、今は違う。もちろん、実紅を助けたいって気持ちはあるけど、それ以上に冒険者として迷宮を攻略するのが楽しいんだ。幸いにも、いい仲間たちにも恵まれたしな」

「仲間……そうね」

彼女もきっと、ゴブッチとスラスラを思い浮かべているのだろう。

俺からすれば、その二匹ともう一人――実紅がいる。

「だから、俺は今冒険者として迷宮に潜ってる。……実紅のためだけじゃなくて、俺自身がこの生活を楽しんでるんだ」

俺が笑いかけると、実紅はじっとこちらを見てきた。

「本当に？」

疑うような彼女の視線に、強く頷いてみせた。

「ああ、本当だ。もちろん、俺ってそんなに強くないから心配をかけるかもしれないけど、これからも一人の冒険者として迷宮に挑ませてくれないか？」

実紅は唇をぎゅっと結んだ。……たぶん、まだ彼女は言いたいことがあったのだろう。

きっと俺なんかよりもたくさんのことを考えているのだろう。

けど、それらを押し込めたように、実紅は口元を緩めた。

「……だったら、約束よ。絶対死なないって」

「わかってる。そんなの約束するまでもないよ。俺だって死にたくはないし」

彼女は目と唇をぎゅっと結んでから、笑った。

それはきっと、無理やりに笑ってくれたのだ。

『やめてよ』『危険なことはしないでね』。そんな言葉を呑み込んで。

実紅の優しさに甘える形になってしまった。

もっと強くなって彼女を安心させないとな。

「それなら、いいのよ健吾。今後何があっても、無茶はしないこと」

「わかってるって」

「約束よ？　それじゃあ、ギルドに行きましょうか？　今日中に色々済ませておけば明日は二人で一日家にいられるものね」

「……そう、だな」

二人きりか。

それはそれで、なんだかどきどきしてしまう。

○

俺たちは国が運営しているギルドへと向かう。

あんまり、ギルドには行きたくないんだよな。

……というのも、俺の家の近くには、冒険者学園の中にしかギルドがない。

そして、そこでは学生がアルバイトをしている。つまり、中等部時代の友人と会うかもしれないのだ。

「そういえば、ハイ・ゴブリンを倒したあとってステータスどうだった？　レベルアップした？」

実紅の表情もいくらか落ち着いていた。

ステータスか、そういえば忘れていた。

「倒したあとに体が軽くなったんだっ、もしかしたらレベルアップしたかも！」

あのときの感覚がレベルアップなのかもしれないな。

レベルアップというのは自分の限界を超えたときに行われることが多い。

ワクワクしながらステータスカードを取り出す。実紅が俺におんぶするようにくっついてきて、覗き込んでくる。

もうすっかり実紅の定位置になったが、それでもやはり背中に当たる感触には一瞬ドキリとする。

俺たちはステータスカードをじっくりと見て、

鏑木健吾『竜胆実紅の敵にのみ使う』
レベル0
物攻SS（110）　物防SS（110）　魔攻SS（111）　魔防S（109）
敏捷S（108）　技術SS（110）
スキル
『吸収：EX』
↓『ゴブッチ　レベル0』
↓『スラスラ　レベル0』

「え!?」

「どうなってんだこれ!?」

俺たちは揃って声を上げる。

取り出したステータスカードがバグっていて、お互いに見合わせる。

一度、俺たちは目をこすってから、もう一度ステータスカードを見た。

……やはり、数値は変わっていない。

実紅と顔を見合わせると、彼女も驚いたままだ。

「100って……超えるのか？」

自分の常識が間違っているのではないか、とばかりに当然のように数値が100を超えていた。

もしかしたらわかるかもしれないと、S級冒険者に訊ねてたみたのだが、

「こ、超えないわよっ。少なくとも、私は初めて見たわ」

荒らげた声で返されてしまった。

……そうか、そうだよな。

ステータスの限界は100だ。これを超えたなんて聞いたことがない。

……どうなっているんだ？

「健吾も私もわからないのなら、たぶんあなたが世界初の、ステータスが限界突破した人なんじゃないかしら？」

「そう、なのか。けど、それよりは早いところレベルアップしてくれたほうが良かったんだけどな」

「手っ取り早く強くなるのに、レベルアップは優秀だわ。……けど、私が知る限りでは高ステータスでレベルアップしたほうが、強くなれたはずよ」

「そういえば、そんな話を聞いたことあるな」

例えば物攻10でレベルアップするのと、物攻100でレベルアップした場合、物攻100のほう

が力は上になる、らしい。

とはいえ、確定している情報ではない。


レベルアップすると、ステータスカードでの表記上はリセットされてしまうからだ。

俺で言えば、今SSまで上がったステータスも、レベル1のGからまた始まるからだ。

「なんにせよ……。健吾が目立ちたくないなら、ステータスは隠しておいたほうがいいと思うわ」

「だよな。……こんなの絶対研究対象にされちまうし、隠しておくよ」

「有名になるチャンスよ？　いいの？」

「けど、実紅を助けるための時間がなくなっちまうよ」

「そ、そう……ありがと」

その後、素材を吸収してみた。ステータスがさらに上がり、すべての数字が110を超えた。

体から力が湧き上がるような感覚だ。

今なら、ハイ・ゴブリンと戦ってもいい勝負ができるかもしれない。そう錯覚するほどの力だ。

ただ、一つだけ残念なのは——。

「ハイ・ゴブリンは仲間にならなかったな」

「……そうね」

俺のスキルが新しく増えることはなかった。

これはちょっと残念だ。

いや、まあ今までが異常だっただけで、これが普通なんだけどな。

ただ人は一度味わった幸福をなかなか手放せないのと同じで、ついつい、仲間が増えると考えてしまう。

「もしかしたら、仲間になる魔物とそうじゃない魔物がいるってことか？」

「かも、しれないわね」

「あとは単純に、仲間にできる数に限りがあるとか」

「そうね。もしかしたら、仲間にするには確率も影響しているのかもしれないわね。たまたま今まで、百パーセントだっただけで」

「レアモンスターは仲間にしにくいとかかな？」

「そういうこと」

「まるでゲームみたいだな」

ステータスを持つ人が生まれてから、しばらくは差別があったらしい。

未知の力を持つ彼らは現実の人間ではない、偽物あるいは仮想の人間だと揶揄《やゆ》するといったものだ。

ステータスの力は大きいが、全人類に与えられたものではない。

……差別を受けた人の中には、神に選ばれし人間と宣言し、差別する人間を力で押さえつけた人もいたとか。

しばらくはそんな時代が続いたが、今は安定している。

それでも、ステータスを悪用する人は今もいる。ステータスを持つ人が、持たないものを下に見ることも結構ある。

ステータスカードをしまい、俺は学園内にある冒険者通りに向かう。

校舎から少し離れた場所にあるそこは、一般の人たちも自由に出入りできる。

大きな校舎はもちろんだが、実紅はその通りに目を輝かせていた。

「……凄いのねっ。なんだかおいしそうなものもたくさんあるわ」

いくつもの店が立ち並んでいる。

魔物を利用した料理が並ぶここは、一般人から特に人気だ。

休日には多くの人であふれ、まさに今がそうだった。

「迷宮内だと食料も大事だからな。……ただ、高いものが多いけど」

「確かに……稼ぎの悪い冒険者にはちょっと手が出せないわね」

「……面目ない」

「あ、あなたに言ったわけじゃないわよ！」

ぶんぶんと首を振る。

実紅の迷宮に入ってから、まだギルドで売買を行っていなかった。

最近ではゴブリン、スライムの素材ではステータスが上がらなかったので、今日はそのほとんどを売却する予定だ。

いくつかは閃光魔法石、爆弾魔法石作成のために残しておくつもりだ。

実紅が作ってくれるらしい。もったいなくて使えないかもしれない。実紅オリジナルを一つは部屋に飾っておこうか。

とりあえず、ここまで知り合いとは出会っていない。

学生はだいたいもう帰宅しているんじゃないだろうか？　一応今日は土曜日なんだしな。

「ずっと俯いているわね」

「……あ、ああ。一応知り合いもいるし。見つかると面倒なんだ」

学園最弱と言われていたからな……。結構規模の大きい学園だが、俺のことを知らない奴はいないとまで言われている。

マスクでも持ってくればさすがにばれることはなかったかもしれない。

「そうなのね。けど、今のあなたは十分強くなってるわよ？」

「実紅の迷宮限定だけどな」

「それでも、稼げるんじゃないかしら？」

それはどうだろうな。

ギルドに着いて、受付に並ぶ。

よし、外部からのパートだろう。主婦っぽい見た目の人だ。

と思っていたら、俺の目前で人が変わった。

新しい受付は――俺の知っている女性だった。

「お待たせしました……って、鏑木？」

俺の記憶ではあまり表情の変化しない子だったはずだが、珍しく彼女は動揺した様子を見せていた。

雨宮雪《あまみやゆき》。彼女は俺の数少ない学園の友人である。

青の双眸《そうぼう》がこちらを見ていたのだが、それが不意に実紅のほうに外れた。

と、その瞬間、実紅が驚いたように俺の背後に隠れた。

ぎゅっとくっつかれ、思わず背筋を伸ばす。

「ど、どうしたの？」

「い、いやなんでもない」

俺も一瞬焦ったが、実紅が見えているはずがないんだ。

俺がちらと実紅に視線を向けると、彼女は頬を膨らませてこちらを見ていた。

な、なんだ？　よくわからないが、俺から離れてからも実紅のその視線は変わらない。

「鏑木、久しぶりだけど……どうなの？　まだ迷宮に潜ってるの？」

「まあ、な」

「そう……なんだ。……迷宮、大丈夫？　怪我とかしてない？」

「ああ、まあなんとかなってる」

俺がそう答えると、雨宮は不安そうにこちらを見ていた。

……その目に向き合えなくて、俺が視線を外すと実紅と目が合った。

何やら、じろーっとこちらを見つめていた。

「……そっか。こっちは進級式のあと、ちょっとバタバタしてて連絡取れなかった。ごめんね」

雨宮がぽりぽりと頬をかくと、彼女の透き通るような白髪が揺れた。

「別にそんな無理に連絡しなくてもいいって。そっちもそっちで色々あるだろうし」

「……」

むすーっと彼女は頬を膨らませていた。

……なんだ？　なんで怒っているんだ。

それは雨宮だけではない。実紅をちらと見ると、同じような顔つきをしていた。

「落ち着いてきたから、また今度家に遊びに行ってもいい？」

その瞬間だった。

実紅が目を見開いていた。そりゃそうだよな。一応俺たち付き合っているんだし。

……ああ、そこで実紅が頬を膨らませていた理由がわかった。

俺が他の女性と親しげに話しているから嫉妬しているのかもしれない。

「え？　あー、その……」

いや……別に雨宮はただの友人だから、家に呼ぶのは別におかしくはないんだが。

……実紅と付き合ってるしな。

さすがに、そのまま受け入れるのはまずいよな？

今付き合っている人がいるから誤解されたくないしと言うのか？

そ、それは……照れくさいぞ。

「ちょっと今部屋汚れてて」

だからこそ、濁したような言葉で誤魔化しておく。

「片付けるの手伝う」

良い子だ。

「い、いやぁ……さすがに汚い部屋を見せるのは男として嫌だしな」

「別に、そんなの気にしないで」

他にどのように言えばいいのか、困ってしまう。

どうにかしようと思って考えてみても、俺の頭では利口な返答は出てこなかった。

諦めるように息を吐く。

仕方ない。そもそも友人に隠しておくのも失礼だ。

羞恥《しゅうち》で頬に熱が集まるのが自覚できた。きっと頬も赤いだろう。それを隠すように、俺は頬をかいた。

「……その、今付き合ってる人がいましてて」

「え……？」

驚いたように雨宮が目を見開いていた。恥ずかしくて視線を外すと、真っ赤な顔の実紅と目が合った。

「だ、誰？　女？」

「男のわけないだろっ！」

「そ、そう、だよね……」

雨宮は滅茶苦茶動揺しているようだった。

雨宮は固まったまま動かないでいた。

「おーい、大丈夫か？」

「う、うん……えっと……それで、何しに来たんだっけ？」

「素材を売りに来たんだ。とりあえず、これらを鑑定してもらっていいか？」

「わかった……って、え？」

取り出した魔石を彼女に渡すと、驚いたような声を上げた。

「こ、これ……全部E、D級魔石ばっかり」

「やっぱり、そうなのか？」

実紅は鑑定系のスキルを持っていないが、魔石くらいなら経験でだいたいわかると言っていた。

その鑑定が、おおよそE、D級魔石。やっぱり実紅は天才だ。おまけにカワイイ。

「……うちの生徒でもこのレベルの魔物と戦えるのは成績上位者だけ」

あっ……そうだった。

その点について深く考えていなかった。

……そもそも、彼女が受付じゃなければ気づかれることもなかったのに。

「これ、全部……鏑木が一人で倒したの？」

「いや……まあ、その。一緒に戦ってくれてる人がいて。その人の代わりに換金に来たんだ」

「……恋人、さん？」

絞り出すような口調で雨宮が言う。

……確かに実紅は一緒に戦ってくれている恋人で、間違いはない。

もうここまで来たら、全部素直に伝えてしまったほうがいいだろう。

「そうだ。その人は夕食の準備で先に戻ってな。俺がこうして売りに来たんだ」

「ゆ、夕食……？　同居、中？」

雨宮は驚きが隠し切れていない様子だ。改めて他人の口からそう言われると、恥ずかしさが込み上げてくる。

俺たち今同居中なんだよな。雨宮からすれば見ることはできないのだが――。

「そうだ」

「そう、なんだ……」

ぼーっとした様子で彼女は魔石を数えていた。

ついでに、ゴブリンの素材も出しておいた。

雨宮に伝える上で、そこが一番不安だった。万が一雨宮が会いたいと言ったときに、俺は会わせられない。

『なんだ、彼女がいるっていったのはただの見栄か』と誤解される分にはいいんだが、『こいつ頭大丈夫か？』と心配されかねない。

今も俺の後ろに実紅はいる。ちらと視線を向けると実紅は顔を真っ赤にしたまま視線を外していた。

「けど……E級の魔物たちを狩れるようになったってことは、レベルアップした、とか？」

雨宮はまだどこか落ち込んだような表情をしていたが、それでも復活したようだ。

「ま、まあ、そんなところだ」

限界突破しました、なんて言えるわけがない。

歯切れの悪い俺に、雨宮は眉間にしわを寄せて頬をわずかに膨らませる。

「うー、何か隠してる？」

「何も隠してないぞ」

「別にいいけど……」

まだ気になるようで頬を膨らましている。疑われてるな、俺。

ただ、とりあえず……ばれなくて良かった。

「とりあえず、魔石全部で五十個。金額は十三万円」

「それじゃあ、これで」

「わかった」

冒険者カードを渡す。

冒険者カードとは、冒険者として登録しているすべての人に与えられる身分証明書のようなものだ。

ステータスさえ持っていれば、誰でも登録できるという点で、とりあえずで登録している人は多い。

冒険者カードには、その者のレベルなどが簡単に記載されている。成長した場合には、ステータスカードを提示することで、訂正が可能だ。また、本登録を済ませれば、クレジットカードとしても使用できる。

それにしても十三万円か。

おおよそ二週間の狩りでこれだけ稼げたのは久しぶりだ。

「……前に来たときは、こんなに稼げてなかった。凄いレベルアップだったの？」

「ああ。とうとう俺の眠れる才能が開花したのかも」

「開花、しすぎ。レベル１でＥ級の魔物を倒すのは難しい……。その一緒の冒険者さんも強いの？」

「……まあ、俺よりかは少し強い……かな」

「それなら、納得できる……けど。……本当に付き合っているの？」

「ああ」

恥ずかしかったが、言い切ると雨宮は唇をぎゅっと噛んだ。

なんで、泣きそうな顔をしているんだろうか。

「それじゃあ、また」

「うん」

雨宮の表情の意味はわからなかった。

ギルドを出たあと、ちらと実紅を見る。

こちらもなんとも言えない表情だった。

「どうしたんだ実紅」

「……いいえ、なんでもないわ」

実紅は一度ギルドのほうに視線を向けてから、俺の隣に並んだ。

俺は通りを歩いていく。

「まずはポーションを購入して……武器とかも見たいな。実紅はどこか見たい場所はあるのか？」

「そうね。それらを見ていきましょうか」

「ああ」

実紅とともに近くの店へと入る。商品を見ていると、実紅が俺の隣に並んだ。

「……あなた、あの雨宮って子とは仲良いの？」

「……そうだなぁ。学園に通っていたときはだいたい一緒に迷宮に入っていたな」

「へぇ、それってかなり仲良いわよね？」

「そうでもないんじゃないか？　できるのなら、同じ人とパーティーを組んだ方が連係も取りやすいだろ？」

「そうだけど……部屋に遊びに来るくらい仲が良いってのは珍しいと思うわ」

ふんと鼻息荒く言って、実紅はそっぽを向いた。

何やら態度がおかしい。

……少し、考えてみる。俺と雨宮が話してから、実紅の様子が少し変わった。

……俺と雨宮――。男と女……あっ、もしかして。

焼きもち、焼かれているのだろうか？

例えば俺が彼女の立場だとしたら、同じように思うだろう。

「別に特別何かあるわけじゃないからな！」

俺が必死に両手を振って否定する。

声を荒らげたところ、周囲の人が怪訝《けげん》そうに見てきて、俺はたまらずデバイスを取り出し、耳に当てる。

で、電話。電話しているだけだから。

そう周りにアピールしながら、歩いていく。

「あなたは……あの子の気持ちに気づいているの？」

「……気持ち？」

なんの話だ？

実紅は考えるように顎に手を当ててから、首を振る。

「それなら、いいわ。……私も別に何も言うつもりはないわ」

実紅がふっと息を吐き、それから視線を通りに戻した。

「少し思ったのだけど、ゴブッチの武器とかは別のにできるのかしらね？」

「……確かに。せめてハンマーみたいなものがあれば良さそうだけど」

とりあえず、ポーションを購入して、それから武器屋を見て回る。

ゴブッチが今使っている鉄パイプに似たようなものがいくつかある。

……ただだな。武器はその人の手に馴染むかどうかもある。

「ゴブッチに実際に選んでみてもらったほうがいいけど、ここで召喚するのはまずいよな」

「うまく、こう体で隠すのはどうかしら!?」

「監視カメラがあそこにあるんだよね」

「なんだか強盗の計画でも立てている気分ね……」

確かに。不審な行動を取り続けても問題だ。

「あとで買いに来ればいいか」

「それもそうね。健吾ももうちょっと切れ味の良い剣を購入しておいたらどうかしら？」

「……そう、だな」

次の攻略は第三階層からだ。そこが問題なければ、どんどん下に下りていくつもりだ。

今のうちに良い武器に変えておけば、攻略難易度も下がるだろう。

五万円以内で買えそうな良い武器を探す。

といっても、値段に制限をつけているため、それほど目立つものはない。

……しいて挙げるなら、学生が作成した武器は比較的安いというところか。

三万円の剣を掴み、軽く振ってみる。今と重量も変わらないし、軽い。これでいいか。

武器や防具はオーダーメイドのほうがいいと言われているが、高額だからな。

俺のようなしがない冒険者は使い捨てで切り替えていくほうがいい。

剣を見ると、Ｔｓｕｋａｓａ、という文字が彫られていた。これは、かなり手に馴染むな。

使いやすかったら、またこの人の剣を探してみるのもいいかもしれない。

「とりあえず、次の攻略の準備は整ったかしら？」

「ああ。ばっちり。来週いっぱいで十階層まで行けたらいいな」

「……十階層。そうね。けど、焦りは禁物よ？」

「わかってる」

「それじゃあ帰りましょうか」

彼女が手を握ってきた。俺もその手を握り返し、帰路についた。

第八話　レベルアップ

次の週。

放課後になった俺はいつものように実紅の迷宮へと向かった。

上昇したステータスで第三階層まで一気に下り、そこで何度か戦ったが――。

「私、必要なさそうね」

俺に張り付いていた実紅の声が耳をくすぐる。

ときどき、からかうように息を吹きかけてくる。

あまりにも暇だからだそうだ。

「だ、大丈夫だけどな。からかうのはやめろってっ」

「周りに魔物がいないのを確認してるから大丈夫よ」

俺の心が大丈夫じゃないんだけどっ。

実紅の言う通り。今の俺たちは問題なく戦えていた。

ゴブリンもスライムもある程度ステータスでごり押しすることができてしまっていた。

なんだかんだ、ハイ・ゴブリンを倒せたのは俺たちにとって良かったようだ。

なので、四階層に向かうことにした。

四階層も、これまでの階層と造りは同じだ。

いつものようにスラスラとゴブッチが先行する。

「確か四階層はプラントだっけ？」

「ええ、そうよ。見た目で言えば、そのあたりにある木に目がついているだけだから、すぐに気づくと思うわ。根を鞭のように操って攻撃してくるから気を付けるのよ？」

それは厄介そうな相手だ。

俺は呼吸を整え、先行するゴブッチとスラスラを見守る。

と、ゴブッチが鉄パイプを構え、腰を落とす。

「ゴブ！」

ゴブッチは索敵がうまくなった気がする。ゴブッチの声に反応するように、一本の木が動き迫ってきた。

本当だ。幹に目だけがついていて、こちらを見ていた。

接近と同時に、根を伸ばし、振り抜いてくる。

ゴブッチがそれをかわし、スラスラが弾丸のような体当たりをお見舞いする。

だが、プラントは倒れなかった。ゴブッチが殴るが、それもプラントは受け切った。

かなり、耐久力のある魔物のようだ。

最後に俺が視覚外から一気に迫り、剣を振り下ろした。

すっと、剣は抵抗なくプラントの腕のような枝を両断する。

……新しい剣はかなり使いやすい。

俺は一級品を見つけ出してしまったのかもしれない。

剣を眺めて笑みを浮かべていると、

「ギャア！」

プラントがつんざくような悲鳴を上げる。口はなさそうだが、どこから声を出しているのだろうか。

疑問を抱いたのは一瞬だ。次の瞬間には、ゴブッチとスラスラの攻撃にプラントは倒れた。

大丈夫そうだな。『吸収』を使ってみたが、プラントもスキルに現れなかった。

ちょうど良い。ステータスの成長限界に到達するまで、スキルとして獲得できるか調べよう。

実紅の力を借りる必要もなさそうだな。

その後、しばらく第四階層で魔物を狩っていく。

移動しながら戦っていたからか、第五階層までもう少しとなる。

俺はステータスと時間を確認しつつ、第五階層に視線を向ける。

プラント狩りは正直もう必要ないくらいステータスが上がっている。

プラントはそれほど動きが速くない。また、基本的に一体で攻撃してくるため、狩りやすかった。

おまけにスライムと違って、物理攻撃への耐性も持っていない。いわば、ボーナスステージだ。

ずっとここで狩り続けたいけど、同じ魔物を狩っていても限界が来てしまうからな。

それさえなければ、一か月くらいは籠《こも》りたかった。

……結局、仲間にはなってくれなかったな。

数が増えてくれればそれだけ有利に立ち回れるため、少し残念だった。

……次の階層に切り替えていこうか。

「第五階層はゴブリンの亜種だったか？」

「ええ。第六階層はプラントとゴブリン亜種ね。それで、第七階層はスライムの亜種ね。八階層は、ウルフよ。九階層は、スライム亜種とウルフよ」

「……うーん、仲間にできるかはわかんないけど、とりあえず第五階層で何体か倒してから今日は戻ろうかな」

「そうね……時間的にもそれがちょうど良さそうね」

仲間が増えれば連携の難易度は上がるが、数は正義だ。

だからこそ、さらに増やすためにと考えて俺は第五階層に下りる。

思わずため息をつきたくなった。

ゴブリン亜種たちが集団で動いていたからだ。

やはり、ゴブリン系の魔物は群れるようだ。

今の俺たちなら勝てるかもしれないが、安全に挑みたい。無茶は絶対にしたくない。

一体だけのゴブリン亜種を探して歩く。

ようやく見つけた。

ゴブリン亜種はゴブリンと比較すると一目瞭然《りょうぜん》だ。全身真っ黒だ。ゴブッチよりも随分と凶悪そうな顔をしている。

視線を実紅に向ける。

こくり、と彼女は頷いた。

魔法の準備が終わったようなので、攻撃を開始する。

ゴブリン亜種は、こちらに気づくとすぐに動いた。

速いな……速度だけで言えば、ハイ・ゴブリンを超えるかもしれない。

その素早さに、ゴブッチとスラスラもなかなか対応できない。

これは、俺が足止めするしかないな。

俺へと飛びかかってきたゴブリン亜種の一撃を剣で受ける。

結構重たい。だが、ハイ・ゴブリンほど一撃の威力はない。

ステータス的に言えば、敏捷の値が高い感じだろうか?

現状では、ゴブッチとスラスラではスピードについていけない感じだ。

敏捷の値が130を超えている俺でようやく対応可能ということは、普通のレベル0ではまず勝ち目がないのだろう。

俺がゴブリン亜種を受け止め、注意を集める。

挑発するように剣の先を動かし、少し大げさに体を動かす。

ゴブリン亜種が苛立《いらだ》ったように俺を睨みつけたその背後――。

ゴブッチとスラスラが迫っていた。

「ゴブー！」

「スラッ！」

二匹の一撃をもろに背中に浴びたゴブリン亜種はそのまま倒れる。

傷だらけの体に、実紅の魔法が降り注ぎ、仕留めた。

「よしっ、みんなありがとな！」

「ゴブー！」

「スラ！」

俺が片手を出すと、ゴブッチがぴょんと跳ねるようにハイタッチ。スラスラも体を伸ばしてパシッと叩く。

ゴブッチとスラスラはそのまま実紅のほうに行って同じようにハイタッチ。

素材を回収した俺たちは、そろそろいい時間なので、そのまま戻ることにした。

かなり、強かったな。プラントも一撃に関してはハイ・ゴブリン並みのものだった。

だが、あいつは動きが遅かった。だから、危険もなくあっさりと狩れた。

だが、こいつらゴブリン亜種は……正直まだ群れを相手にするのは厳しいだろう。調子に乗らなくて良かったな。

今回は四対一だったからそれほど苦戦せず倒せた。だが、もしもゴブリン亜種にハイ・ゴブリンと同じ周囲を咆哮で攻撃するスキルがあれば、かなり苦戦させられたはずだ。

下手《へた》すれば、またゴブッチとスラスラがやられていたかもしれない。

一階層と地上をつなぐ階段でステータスカードを取り出した。

……。

ステータスカードにあった、とある変化に気づいた俺は思わず、ゴブッチの肩を掴んだ。

「ゴブッチ、ちょっと話があります」

「ゴブ？」

「なんで俺より先にレベルアップしているんだ」

「ゴブー！」

誇らしげに胸を張りやがった。

「れ、レベルアップしたの？」

驚いた様子で近づいてきた実紅に、俺はステータスカードを見せた。

○

覗き込んできた実紅に、ステータスカードを見せる。
鏑木健吾『竜胆実紅の敵にのみ使う』
レベル０

物攻ＳＳＳ（１５１）　物防ＳＳ（１４７）　魔攻ＳＳ（１３７）　魔防ＳＳ（１３８）
敏捷ＳＳ（１４２）　技術ＳＳ（１４９）
スキル
『吸収：ＥＸ』
↓『ゴブッチ　レベル１』
↓『スラスラ　レベル０』

「ちょっと待ちなさい」

がしっとゴブッチの肩を掴む俺の肩を掴む実紅。

実紅さん。肩を掴む相手間違えてない？

「何しれっとさらに新しいステータス表記を出しているのかしら？」

あ、なるほどそこか。

150を超えたステータスがSSSになっている。これってどうなのだろう？　今後も成長していくとSSSSみたいにどんどんSが増えていくのだろうか。

それは見にくいのでやめてほしいんだけど。

「……いや、それより今はゴブッチじゃないか？」

ほら、スラスラも俺の気持ちを代弁するようにびしびしゴブッチを殴っている。その上、スラスラがむくーっと膨れ上がっている。

どうやら嫉妬しているようだ。自分より先にレベルアップしてーみたいな感じなのだろう。

その気持ちはよくわかる。

俺も同じように頬を膨らませたい。けど、きっと俺がやっても見るに堪えないと思うので、代わりに実紅に膨らましてほしい。彼女ならきっと世界一カワイイはずだ。

「……私としてはどっちもどっちだけど。健吾のステータスに限界がないのはわかってたし、まあ……確かにそうね。何がきっかけでレベルアップしたのかしら？」

どうなんだろうな？

単純に、たくさん戦ってきたからレベルアップしたのか。

それとも、ゴブリン亜種を倒したからレベルアップしたのか……。

はたまた、両方満たしたからなのだろうか。

そのあたりどっちがトリガーになっているのかわからない。

「ゴブッチ、どうしてかわかるか？」

「ゴブ！」

わからん、とばかりに首を左右に力強く振る。

それでも、強くなれたことに喜びを感じているようだ。手に持った鉄パイプをぶんぶんと嬉しそうに振り回している。

「……危ないからやめるか、離れた場所でやってくれ」

「ゴブ！」

ゴブッチも素直に、離れた場所へ移動して、また振り回す。

うん、やめて、と素直に言っておけば良かったね。

「今のゴブッチってどのくらいなのかしらね？　本当、ステータスがあれば見たいわね」

「そうだよなぁ。ちょっと気になるけど、さすがにこれから迷宮に行くには時間がなぁ」

「ええ。明日の学校に支障が出ちゃうわ」

……俺としては一日くらいはいいと思うんだけど、実紅は許さない。

俺も実紅を悲しませたくはないので、彼女の指示に従おう。

さくっと『吸収』で魔石と素材を取り込む。

……だが、スキルは増えない。

「やっぱり、手に入る魔物とそうでない魔物がいるみたいだな」

「みたいね」

ハイ・ゴブリン、プラント、ゴブリン亜種はダメだった。

明日はスライム亜種がいる第七階層まで行きたいものだ。

ゴブリン亜種と同じで、亜種系の魔物は難しいかもしれないが、その先にはまだウルフがいる。

魔物を仲間にできるかもと考えるだけで、楽しみで仕方ない。

「第九階層はまたスライム亜種と、ウルフの複合階か？」

「ええ、そうね」

「それじゃあ十階層は何が出るんだ？」

「十階層は……中ボスよ」

「どんな魔物かわかるのか？」

「まだ、今の段階じゃ絶対に勝てない相手よ」

「……そうか」

実紅の表情は険しかった。

迷宮は十階層刻みに中ボス、あるいはその迷宮の最終階層ならばボスが出現する。

これらは討伐すると、良い素材を落とすらしいが、二度と出現しなくなる。

倒したのが最終階層のボスであれば、迷宮内のすべての魔物が消滅し、数時間、あるいは数日後には迷宮が完全に消える。

それで迷宮を攻略したということになる。

俺の場合は、そこまで行くことで、実紅を救えたということになる。

「とりあえず、明日はゴブリン亜種とスライム亜種あたりを倒して、ステータスを上げるか」

「そうね……ゴブッチ次第になりそうね」

「ゴブッ！」

ゴブッチが拳をぐっと構える。

やる気満々なようだ。スラスラも、真似《まね》するように拳のようなものを作り、ぐっと固めていた
「うんうん。どっちもこれからも頼むな。それじゃ、また明日な」

俺の言葉に、二匹はこくりと頷いて消えた。

迷宮の外に出た。今日の稼ぎはかなりのものになるはずだ。

今後もこの調子で攻略していきたいものだ。

俺たちは手をつないで、家に向かって歩き出す。

しばらく歩いたときだった。ある店がにぎわっているのに気づいた実紅が、そちらをじっと見ていた。

アイスクリームの店だ。俺と同じ高校生くらいの人たちであふれている。

実紅が目を輝かせている。

「……食べたいのか?」

「い、いえ……別にそういうわけではないわ」

そういえば、昨日テレビを観ていたときも食い入るように観ていたな。

コマーシャルでよく流れていたのだ。今から一週間半額だよっ！　みたいなCMだったな。

もしかしたら実紅はひそかに期待していたのかもしれない。

「なんかアイス食べたくなってきたな」

びくりっ！　と実紅が反応する。くいくいと服を引っぱり、びしびしと店を指さしている。

「行きましょうっ！」

ときどき実紅は子どもっぽい。けど、それが可愛らしい。

しばらく並んで、二つアイスを購入。

バニラと、チョコクッキーアイス。両方ともコーンにアイスが載っている形だ。

人通りの少ない道に入り、彼女にチョコクッキーを渡す。

実紅は目を輝かせ、コーンを持っていた。

「それじゃあ、いただきますっ！」

それはもう嬉しそうに一口食べ、こめかみを押さえている。

一気に食べるからキーンと来たのかもしれない。

俺も少しずつ食べていく。さすがにコマーシャルをやるだけの店だ。そこらのバニラアイスとはランクが違う。

俺が食べていると、実紅がつんつんと肘をつついてくる。

「一口もらってもいい？」

「……ああ、いいよ」

実紅のほうに向けると、彼女は嬉しそうにかぶりついた。

そしてまたこめかみを押さえている。それから彼女はこちらにアイスを向けてきた。

「はい、一口いいわよ？」

「それじゃあ、いただきます」

まだちょっと慣れない。俺の熱で、アイスが溶けるんじゃないだろうか。そう思いながら一口頂いた。

「顔真っ赤よ？」

「……う、うるさい」

からかうように実紅が俺の頬をつついてくる。めっちゃ可愛くて、それを間近で見てまた恥ずかしくなる。

ひんやりとしたアイスが、俺の火照《ほて》った体を冷ましてくれる。

それでも、笑顔の実紅を直視できるほどの余裕はなかった。

第九話　成長

第五階層に潜ってから二日が過ぎた。

……予想通り、ゴブリン亜種狩りはてこずった。それでも、今では集団相手でも戦えるようになった。

ステータスの上昇がなくなったので、俺たちは第六階層……第七階層を目指すことにした。

第六階層で戦う必要はまったくないと俺は思っている。魔物が複数種出てくるため、単純にやりにくい。

おまけに、すでにどっちの魔物を倒しても、ステータスへの影響は数値上では見えない。もしかしたら、内部の経験値的なものはたまっているのかもしれない。けど、見えないからな……無理に狩る必要はないと思う。

それに、仮に上がっていても微々たるものであるのは明白だ。

なら、もっと先に行って新しい魔物で稼いだほうがいい。

というわけで、第六階層を移動していく。

スラスラとゴブッチも、かなり頼れるようになった。

まずはスラスラだ。第五階層で何度か戦ったときに、スラスラもレベルアップした。

これには俺も嫉妬した。スラスラがゴブッチにやっていたように、嫉妬のパンチを何度か浴びせてやったが、嬉しそうであった。

新しくエンチャント魔法を覚えたので、これでスラスラがスライム種の魔物を相手できるようになった。

これはラッキーだった。ちょうど、これから挑む予定の第七階層にはスライム亜種が出ると聞いていたからだな。

スラスラのレベルアップによって、自分の亜種を倒すのではなく単純に魔物を多く倒して経験値を稼ぐことでレベルアップが可能ということもわかった。

ゴブッチもレベルアップに合わせて新しいスキルを覚えていた。

それは、ハイ・ゴブリンが使っていたあの咆哮だ。

……あれにくらべれば、いくぶん威力は弱かったが、例えば囲まれたときに周囲を吹き飛ばす程度の威力はあった。

これにより、近接アタッカーとしての価値が上がった。

俺も、ゴブリン亜種との戦いを通して、ステータスが大きく上がっている。

ただ、レベルアップは未《いま》だなしっ！　すべてのステータスがＳＳＳである１５０を超えたというのに、何もない。

みんながスキルや魔法で戦っているというのに、俺だけ剣で殴り、かわし、そして斬る……という動きしかできないでいた。

これだと俺が脳筋《のうきん》みたいだ。なまじ、物攻のステータスが高いのもそれに拍車をかけているようだった。

第六階層は最低限の戦いだけで切り抜け、俺たちは第七階層へと向かう。

「ここに出現する魔物がスライム亜種だよな？」

「ええ、赤色のスライムよ。火を吐いてくるから気を付けてね」

……それは厄介だな。

今まで、そういう防ぎにくそうな攻撃をしてくる奴はほとんどいなかった。

スライム種とはあまりやりたくないな、というのが俺の本音だ。

俺は攻撃スキルを持っていないから、誰かのエンチャントが必要だからだ。

あまり効率が良くないとわかれば、ここでの狩りは最低限にしようとも考えていた。

しばらく歩くと、第七階層に着いた。

現れたのは、事前に聞いていた通りの魔物だ。

スライム亜種たちはのそのそと移動している。体は赤色……まさに火を吐いてきそうな奴らだ。

スラスラと実紅がエンチャントを行い、俺とゴブッチの武器に属性が付与された。

これで、攻撃が通しやすくなったな。

すぐに俺たちは地面を蹴って、距離をつめる。

スライム亜種もさすがの反応だ。

俺たちに気づくと同時、体を分裂させ、弾丸のように打ち出してきた。

しかし俺は、その動きを目で追うことができた。

以前にはできなかった芸当だ。

だから、余裕を持ってかわせた。俺のステータスがそれだけ向上したということだ。ゴブッチとスラスラはさすがに反応できていなかったが、それでも直撃は避けている。

スライム亜種が体を丸め、突撃してきた。はじいてやる、と思ったが――嫌な感覚がした。

それに従うように、俺は横に跳んでかわす。と、先程まで俺がいた場所に火がばらまかれていた。

スライム亜種めっ、突撃に合わせて火を吐いたことで、回るように炎が宙を舞っている。

こいつは、面倒な相手だ。

スライム亜種は恐らくは火属性の魔物だ。

となれば、セオリー通りなら、水か氷魔法が苦手なはずだ。

だが、実紅は火魔法のエキスパートだ。

火に近い属性の魔法は得意らしいが、それ以外はどうにも扱いにくいそうだ。

というのも、人間の魔力というのは決まった属性がある。

火が得意な人はその真逆である水属性が苦手、なんてことは珍しくない。

稀に全属性が使える人もいるそうだが。

だから、実紅の魔法に頼りきりというわけにもいかない。

ゴブッチ、スラスラと連係し、じわじわと削っていく。

途中、実紅の魔法も飛んだが、耐えられてしまう。

そうして、時間をかけつつ、スライム亜種と戦い——最後はゴブッチの咆哮で仕留めた。

手に入った素材を回収しつつ、とりあえず思ったことは……面倒くさい相手だということだ。

素材も特別珍しいものではない。

とりあえず、初めの一体はステータスの上昇が馬鹿にならないので、倒したが……さっさと八階層に下りてしまおうか。

というのも、八階層にはウルフが出現するからな。

ウルフをステータスが上がらなくなるまで狩ってから、スライム亜種狩りに戻ってもいいだろう。

……ウルフを、倒せればの話だが。

「ゴブッチ、スラスラ。予定通り、八階層に行こう」

「ゴブ！」

「スララ！」

二体が先行し、魔物を索敵していく。

実紅とともに俺は後ろから道案内を行う。

ステータスカードを取り出しつつ、スライム亜種の素材や魔石を吸収する。

ステータスの伸びはかなりいい。

だが……スライム亜種も仲間にはなってくれない。がっくり、と肩を落とす。

やっぱり駄目だったかぁ。

ある程度予想していた。別にスライム亜種じゃなくとも、俺も攻撃系のスキルが欲しいものだな。

「ウルフ、仲間にできるといいわね」

「そう、だな。ていうか、めっちゃ期待してる?」

実紅の目が輝いている。

「だってウルフって柴犬みたいで可愛いのよ?」

……ペット感覚のようだ。

実紅が珍しく子どものように目を輝かせているのを見て、俺も癒やされる。やっぱり実紅は可愛いな。

見ているだけで、癒やされるし、また頑張ろうって思えた。

とりあえず、第八階層に移動しようか。

恐らくだが、ウルフは仲間にできるだろうと、実紅から聞いていた。

だからこそ、先にウルフを一度倒しておきたかった。

実紅がそう予想した理由は簡単だ。

サーヴァントカード。それが、俺の能力に近いからだ。

○

今週の実紅は、俺と一緒に必ず登校するということはなくなった。

閃光魔法石と爆弾魔法石の作成をするためだ。

それらの作成を行ったり、調べ物をしてくれていた。

彼女がした調べ物の一つは、俺のステータスの限界突破について。

それについては、現在なんの情報もなかった。

ただ、歴史上で見ても、S（100）のステータスに到達し、そこから何度も戦闘を行った人がいないというのも、可能性としてあるのではないか、と彼女は見解を示した。

だいたいの人は、そこに到達する前にレベルアップするか、成長の限界に到達する。

だから、実は誰でもSS、SSSに到達する可能性は秘めているのではないかということだ。

これはもしかしたら、核心をついているのかもしれない。

最初に誰かがS（100）が限界なのではないか？　と予想し、いつの間にかそれが定説になってしまっただけという可能性もある。

そして、次に調べたことが俺のサモン能力についてだ。何かを召喚できるスキルはサモン系と言われる。

数こそ少ないが、まったくないわけではない。ただ、それらと俺の召喚の仕方は違うらしいが。

サモン系スキルは、基本的に初めに召喚した魔物のみを呼び出すスキルだ。

俺のように、何かを指定して召喚するわけではなく、それらのサモン系スキルは完全にランダム。

ドラゴンが出ることもあれば、ゴブリンが出ることだってある。

最初の契約次第だ。まさに、サーヴァントカードと同じガチャだ。

正直言って、当たり外れの多いスキル。スキルのランク次第で契約できる魔物の幅も広がるみたいだが、あくまで広がるだけ。

ランクが上がっても、ゴブリンが出る可能性は残る。そこでゴブリンを引いたらほとんど死にスキル、とまで言われる悲しいスキルだ。

そんなサモン系スキルと、サーヴァントカード。

この二つに関しては、現在発見されている魔物の一覧がネットにあったそうだ。

実紅が教えてくれたサイトをざっと見たところ、ゴブリンとスライムはその一覧にあった魔物だ。

逆に、ゴブリン亜種、スライム亜種、プラントは、これまでに確認されていない魔物たちだった。

つまり、俺のスキルもこれらと同じで仲間にできる魔物が決まっているんじゃないか？　ということだ。

そして、ウルフはその魔物一覧に載っていた。だから、仲間にできるのではないか？　という予想もあり、俺たちは先に第八階層に行こうとしていた。

もしも駄目だったら、せっかく実紅が調べてくれた情報が無駄になる。実紅を落ち込ませないためにもウルフには仲間になってもらう必要がある。

第八階層に着いた俺たちは、いつものようにウルフを探す。

できれば一体――ただ、ウルフには実紅の魔法も通用するし、二体でもどうにかなると思う。

結局、妥協して二体で行動していたウルフを見つけ、俺たちはゆっくりと近づく。

ウルフの鼻がぴくりと反応した。やはり狼なだけあって、鼻が良い。

毛は薄めの茶色だ。体は大人が乗っても問題なさそうなくらいしっかりしている。大型犬……より少し大きいかもしれない。

あれに飛びつかれたら、じゃれるでは済まなそうだ。

こちらに気づいたウルフたちの唸《うな》り声を合図に、戦闘が始まった。

剣を振り抜くが、ウルフはそこにいない。

ぐっ。痛いな。体当たりだ。

すぐに体勢を戻し、剣を振る。しかし、速くてかわされる。

今の俺でも、ようやく目で追えるくらいだ。

大振りは当たらない。

小回りが利くように剣を振る。

ウルフが噛みついてこようとするので、それだけは絶対に避ける。

二体の相手は厳しかったかもしれない。

そのとき、ゴブッチが閃光魔法石を持ち上げた。

良い判断だ。

「頼むっ」

俺が声を上げると同時、ゴブッチが魔法石を投げた。

俺はちゃんと目を覆っていたが、ウルフたちは気づかない。

目くらましを受けた隙だらけのウルフたち。

そのうちの一体を、三人で集中的に狙う。

閃光が途切れそうになったところで、実紅の魔法が一体を焼き尽くした。

いいぞ。俺はすぐに素材を吸収する。スキル等の確認は後回し。

ステータスが向上したのがわかった。というのも、もう一体のウルフについていけるくらい、速くなったからだ。

ウルフを俺に引きつけ、隙ができたところでゴブッチとスラスラが仕留める。

素材を回収したところで、一度階段へと避難する。

深呼吸を繰り返し、呼吸を整えながらさらに素材と魔石を吸収する。

そして、ステータスカードを取り出した。

鏑木健吾『竜胆実紅の敵にのみ使う』
レベル0
物攻ＳＳＳ（１７８）　物防ＳＳＳ（１７４）　魔攻ＳＳＳ（１６７）　魔防ＳＳＳ（１６９）
敏捷ＳＳＳ（１８０）　技術ＳＳＳ（１７６）
スキル
『吸収：ＥＸ』
↓『ゴブッチ　レベル１』
↓『スラスラ　レベル１』

↓『ウルフ』

やはり、ウルフは仲間にできた。

たぶんだが、実紅の予想通りなんだろう。

さすが実紅だ。こんなことに気づくなんて本当天才。そして自分の予想が当たったことを喜ぶように笑って、こちらを覗き込んでいる。めっちゃカワイイ。

「やったわね」

「ああ、実紅の言っていた通りだね」

実紅とハイタッチしつつ、俺は早速ウルフを召喚することにした。

召喚すると、ウルフはすっとおすわりした状態で現れた。階段で召喚するには少し大きかったな。

スラスラとゴブッチ二匹よりも大きいウルフは、俺に気づくとすりすりと体を寄せてきた。

まさに犬みたいなヤツだ。ベロベロと舐《な》めてくるので、俺は頭を撫でてやった。

ていうか、うまく扱わないとこのまま押し倒されそうだ。

「ウル！」

これで鳴き声がワンだったら完全に犬だね。

実紅もウルフに目を輝かせ、顔を近づける。

ウルフが気づくとすりすりと体を寄せている。実紅もすりすりとお返ししていた。もふもふを堪《たん》能《のう》しているようだ。

羨ましい……ウルフが。俺も実紅にすりすりしてみたいのに。だが、そんなことを口に出したら引かれてしまうのでは？

最近まずい気がするな。少し、考えを改めなければならないだろう。

「名前は決めているのかしら？」

名前……名前かぁ。

すんなりと頭に浮かんできた名前が一つだけあった。

「うーん……ポチとか？」

「ウルウル」

ウルフはぶんぶんと首を振った。……どうやら駄目らしい。

「ウルウル……」

ウルフのその特徴的な鳴き声に注目したのか、実紅が何度かウルウルとつぶやく。

それから彼女は、わずかに首を傾げ、

「……ルフル？」

「ウル！」

実紅の提案にウルフは頷いた。

実紅がどこからどう変換してルフルにたどり着いたのかは気になったが、ウルフが気に入っているようなのでそれでいい。

実紅のネーミングはどれもカワイイ。やはり本人の可愛さが出ているんだ。

「じゃあ、おまえはルフルで」

名前が決まると、ステータスカードの表記も変わっていた。

よし、とりあえずウルフのレベル上げから始めないとな。

「……ねえ、健吾。私、天才的なことを思いついちゃったわ」

「なんだ？」

「ルフルに乗って移動できないかしら」

「ウル！」

ルフルはやる気十分だ。

ルフルの体はそれなりに大きい。

人一人を乗せても問題はなさそうだ。

確かに……ここまでの階層を移動するとなると、さすがにもう徒歩だと移動だけでも結構時間がかかる。

実紅は天才か……と思ったけど、彼女の場合ただただ乗りたそうであった。そのうずうずとした姿は可愛らしい……。俺がウルフになれれば、実紅を背中に乗せて走り回ってあげるのに……。

とりあえず七階層に上がり、ルフルの背に乗る。

そして、走り出した。……うおっ！　思っていたよりもかなり速い。

毛皮を反射的に掴んだが、ルフルは……痛がる素振りを見せなかった。

ルフルは楽しそうに、鼻歌でも歌うように走っている。

……これなら、一階層あたり五分とかからず横断できそうだ。

「あははっ！　私、小さい頃から犬の背中に乗って走るのが夢だったのよ！」

楽しそうだな、実紅は。

実紅は俺にくっつくように乗っているため、俺ほどふんばりはいらないんだろう。

今の実紅は何かに似てると思ったら、鯉のぼりだった。

○

土曜日。

昨日までの放課後と今日一日を使い、ようやくスライム亜種狩りが終わったところだ。

スライム亜種によるステータス強化のほうが、ウルフ狩りよりも大変だったため、先にウルフのほうを倒していたほどだ。

パーティーメンバーを再確認する。

新しく仲間になったルフルも、ようやくみんなと合わせられるようになってきた。

ルフルは非常に甘えたがりで、召喚するとだいたいいつも俺の近くにいる。

そのため、ゴブッチとスラスラが多少嫉妬して、二匹も近づいてくることが増えた。

基本的に魔物たちは仲が良かったが、その点に関してだけは少しばかり争いがあった。

まあ、些細《ささい》なものでわざわざ取り上げて指摘するほどのものではない。

ルフルは移動の場面において非常に助かった。ルフルに乗れば、移動が楽なのはもちろんなのだが、ルフルは鼻と勘が非常に優れていて、敵を発見してくれる。

魔物を狩るときもだが、ルフルがいることで効率がかなり良くなった。

だって、ルフルに頼めば一体で行動している魔物の場所まで連れてってくれるんだからな。

今も俺たちは第九階層に下りて、ウルフとスライム亜種のペアを探して移動していたところだ。

「ウルッ」

吠えるようにルフルが鳴く。ちょうど、目的の魔物を見つけたところだ。

そこで、ゴブッチとスラスラが現れた。彼らはステータスカードから勝手に出ることができるらしいのだ。

移動の間はゴブッチとスラスラには一度ステータスカードに戻ってもらっている。

俺が拒絶すれば、出てこれないようだが、迷宮内ではいつでも出られるようにしておいた。

ルフルに乗るたびに出たり入ったり、すべて指示を出すのは面倒だったのもある。

あとは戦法の一つとしても使えた。例えば、ゴブッチが相手を足止めしたままの状態で、実紅が巻き込むような魔法を放ったとしても、寸前でゴブッチが俺のステータスカードに戻ってくれれば敵にだけ魔法をぶつけることも可能だった。

魔物たち限定ではあるが、遠距離のワープに使えるのだ。スライムくらいなら投げられるし、それを利用して遠くのものを回収とかできるかもしれない。

ゴブッチとスラスラが軽く体を動かしたあと、ウルフたちに突っ込んでいく。

このペアを相手にするとき、スラスラがスライム亜種を足止めし、俺たちでウルフを仕留めるのが基本だった。

ルフルがウルフへと噛みつき、ウルフも負けじと応戦する。

そこで膠着《こうちゃく》した二体。ゴブッチと俺でウルフを攻撃すれば、あっという間に倒せた。

次はスラスラの援護に向かう。スライム亜種相手でも負けないくらい、スラスラは強くなった。

たぶん時間をかければスラスラだけでも倒せる。けど、わざわざ待つ必要はない。

俺たちはスライム亜種の火炎攻撃にだけ気を付けて、タコ殴りにした。

ルフルにもう一度乗って、階段へと戻る。

一度そこで休憩を取る。ルフルにもステータスカードに戻ってもらう。階段だとその巨体は邪魔になっちゃうからね。

一緒に座っていた実紅に視線を向ける。ようやく、この階層でも実紅の援護が必要ないくらいに戦えた。

となれば、だ。残すは十階層だ。

「実紅。そろそろ十階層に挑んでも大丈夫じゃないか？」

「そう、ね……」

ぶっちゃけるともうやることがない。

九階層までに出現する魔物はステータスが成長する限界まで狩ってしまったので、意味がない。

ユニークモンスターを待つということはできるかもしれないが、前回のハイ・ゴブリンから一度も遭遇していない。これから先、一年待っても出ない可能性だってある。

というのも、冒険者によっては人生で一度も遭遇することがないこともあるほど、ユニークモンスターというのは珍しい。

それを狙うというのは、根性と時間が必要だった。

成長という面では、俺の魔物たちはまだ成長できるかもしれない。

彼らの成長は、どうやら俺とは違うみたいだからな。

ただ、俺としてはさらに強くなるためにも十一階層に向かいたいところだった。

しかし、実紅は難しい顔だ。

「かなり、強いのよ中ボスは。今のままでも、勝てるかどうかは……わからないわ」

「……マジかよ」

今の俺でも勝てない、か。

それは俺としては最悪な話だった。

すでに俺ができる強化はほとんどすべて終えている。

この一週間で、俺は色々と試していた。

例えば、他の迷宮の魔物から素材を回収して、吸収することができるのか。

以前、冒険者学園にいたときに獲得した魔石と素材が部屋を掃除していたら出てきたので、吸収しようとしたが、できなかった。

素材を実紅の迷宮に持ち込んで使ってみても、ダメ。発動してくれない。

契約通り、実紅の迷宮以外でこの力は使えないようなのだ。

つまり、だ。

現状俺がこれ以上強くなる術《すべ》がない。あるとすればレベルアップだが、する気配がまるでなかった。

だから俺はむしろ開き直ったのである。レベルアップしなくとも、ステータスはどんどん上がっているんだし、しばらくはこれでもいいんじゃないかと。

どうしても十一階層に行きたかった俺は、そこで彼女に一つ提案をする。

「十階層でも、別に帰還のアイテムは使えるよね？」

迷宮に入る者が必ず持っている脱出用魔石。

まだ俺はこの迷宮に入ってからも、一度も使用していない。

「そうね」

「だったら、一度だけ挑んでみてもいいか？　それで実力差がわかれば……最悪十階層はルフルに乗って無理やり突破して、その先の階層でステータス上げをすることだってできるんじゃないか？」

「一度挑んでみるのはあり、かもしれないわね。ただ、十階層を突破するには中ボスを倒す必要があるわ」

そういうパターンの迷宮か。

迷宮によってはボスとかを無視して先に進めることがあるんだが、実紅の迷宮はダメ、と。

実紅は顎に手をやり、首を振る。

「どちらにせよ。これまでに稼いだアイテムを全部売って、装備品を整えましょう。みんなの装備品を揃えて、またあとで挑みましょう」

「……わかった。それじゃあ、これからギルドに行って、素材を売る。そのあと、装備品を購入して……明日十階層に挑むっていうのでいいか？」

「……明日？　日曜日は休みにするんじゃなかったかしら？」

「そうだけど。十階層に挑戦するだけでも、させてくれないか？　早ければ、午前中には終わるだろ？」

「そうだけど……」

「頼む。……せめて、どんな魔物なのかだけでも、見ておきたいんだ」

「……そう、ね。わかったわ」

実紅の表情はさえない。十階層の中ボスはそんなに強いのか。

これまで、なんだかんだ言って一緒に戦ってくれた実紅の評価ともなれば、俺も不安を感じる。

ただ、やるしかない。倒して前に進まないと、実紅は一生このままだ。

だったらやる。それだけ。

色々考える必要はあるのかもしれないけど、結局答えは一つだ。

八階層でルフルに乗る。だいぶ、この移動にも慣れた。

「実紅、今週の稼ぎはどのくらいだと思う？」

「かなり行くと思うわよ？　Ｃ級魔石がちらほらと出てきたし」

「それじゃあ、ギルドに売るときは知り合いがいないことを祈るか……」

「そうね。たぶん、驚かれるくらいの金額よ？」

からかい気味に彼女が微笑んできた。

俺のことを知っている人間がいたら、これだけの魔石をどうやって手に入れたのか、質問してくるかもしれないな。

誰もいないことを祈ろうか。

俺の前に座っていた実紅が背中を預けるように動く。

……少しドキリとしたが、俺も慣れてきていた。

「やっぱり、落ち着くわね」

「……そう言ってもらえるなら、嬉しい限りだ」

「でも、ドキドキしてるわね」

「ルフルにしがみつくのに、必死なんだ」

「そうなのね？　私も、あなたにしがみつくので大変だわ」

ぎゅっと実紅が体を寄せてきた。たまに実紅も甘えたがることがある。

……改めてこうされると、気恥ずかしい。

俺の顔を見て、実紅がにやっと笑う。この子は、俺の恥ずかしがっている顔を見るのが大好きらしい。

けど、そんな顔も可愛いんだから、ずるい。

○

「街の移動も、ルフルでできれば楽なのにな」

「けど、そうしたら今みたいにゆっくり歩けなくなっちゃうわよ？」

隣に並ぶ実紅が、すっと俺の手を握ってきた。

……た、確かに。それは駄目だ。実紅と手をつないでいると、なんだか心が温かくなる。

さわさわと、彼女がからかうように手の甲を撫でてくる。

「くすぐったい？」

「……まあ、な」

お返しに実紅の手の甲をさっとくすぐってみたが、彼女には特に効かないようだ。

悪戯《いたずら》に成功したような笑顔を見せる実紅に俺はくらりと倒れそうになる。本当に、カワイイ人だ。

彼女とともに街を歩く。

ギルドがある学園まではもうしばらくある。……一人で歩いていたときは、この移動だけでも結構しんどかったが、今はそうでもない。

もうちょっとゆっくり歩いてもいいかもと思えたのは、実紅が隣にいるからなんだろう。

学園に着いたところで、冒険者通りへ向かう。まっすぐにギルドへ入り、素材売却に並ぶ。

学生のアルバイトはいたが、みんながみんな俺の顔まで知っているわけじゃない。

並びながら、現在の自分のステータスをさっと確認する。

鏑木健吾『竜胆実紅の敵にのみ使う』
レベル0
物攻SSS（214）　物防SSS（209）　魔攻SSS（204）　魔防SSS（201）
敏捷SSS（213）　技術SSS（216）
スキル
『吸収：EX』
↓『ゴブッチ　レベル1』
↓『スラスラ　レベル1』
↓『ルフル　レベル1』

すべてのステータスは200を超えた。さすがにSがさらに増えることはなかったな。SSSSになるのかと思ったが、そういうわけでもないようだ。

それか、300くらい超えたら次の表記になるのかもしれない。そこまで行くかどうかは、今後次第か。

ルフルのレベルも今日の狩りで1になった。……本当みんなレベルアップして羨ましい。嫉妬だ、嫉妬に狂った戦士だ。

恐らくこれ以上、俺のステータスは上がらない。

もしかしたら、ユニークモンスターが出れば可能性はあるかもしれないが、それは狙って倒せるものじゃない。

むしろ、運悪く遭遇することのほうがほとんどだ。

だから俺は、このステータスで十階層に挑む必要がある。これでも、まだ勝てるかわからない、か。……今後が思いやられるね。

ステータスの確認が終わり、しばらく待ったところで、俺の番になり。

またもやそこで、受付担当者が変わる。

……雨宮だ。

「久しぶり」

狙ってたろ？

「今日も素材の売却に来たんだけど」

「そうなんだ。それじゃあ、出して」

言われた通り、俺は素材を出していく。

一つ、二つ程度までは良かったのだが、その数が五十を超えたところで雨宮が頬を引きつらせた。

「こ、これどうしたの？」

「えーと、一緒に狩っていた人の素材も含めてなんだけど」

「魔石にC級が混ざってる……っ」

雨宮がいくつかの魔石を手に取って、目を見開く。

他の素材を見て、さらに雨宮は驚いたように声を上げる。

「……これ、どこの迷宮に行ってきたの?」

「まあ、色々、かな」

「このあたりで、プラントが出る迷宮はない……遠出したの?」

そういえば、そうかもしれない。竜胆迷宮はスタンピードの起こらない封印されたダンジョンだ。

だから、最初から竜胆迷宮のものとは想像もしないだろう。

そもそも、だ。

竜胆迷宮にどんな魔物が出現するのかも、ギルドは情報を持っていないはずだ。

あそこをわざわざ攻略しようとした人がいないんだからな。

素材がどこで手に入ったかの言い訳までは考えていなかったが、彼女の言う通りだ。

……これからは、そのあたりも考慮して売却したほうがいいかもしれない。

「そんなところだ」

竜胆迷宮に入っている、なんて言ったら絶対質問攻めになる。

雨宮に余計な心配をかけたくなかった。

「……今通ってる学校、普通の公立だったはず。大丈夫、なの?」

「ああ、問題ないよ」

「それなら、いいんだけど……」

雨宮が手元のタブレットをいじりながら、魔石や素材を見ていく。

他の職員もやってきて、手伝うほどだった。

そして――。

「合計で三十五万四千五百円」

……マジで？

これまでの稼ぎからは想像もできないほどだった。

「今何人パーティーで組んでるの？」

「その……五人だ」

う、嘘はついていない。

俺、実紅、ゴブッチ、スラスラ、ルフル……ほら、五人だ。

正確に言うなら、二人と三体だが、雨宮が混乱するかもしれないからな。

わかりやすく伝えただけだ。

「それなら、かなり良い稼ぎなんじゃない？」

一人あたり七万九百円。週の稼ぎとしては十分だろう。

……この調子で稼いだら月収で百万を超える。そんなのB級冒険者くらいあるぞ？

「冒険者として生活できるくらい稼げてる。……良かったね」

「ま、まあな」

「……てっきり、健吾はみんなの足を引っ張っているんじゃないかって思っていたけど、これだけ順調に稼げてるなら、健吾もみんなの力になれてるんだね」

「足引っ張ってると思ってたのか？」

「……え、えーと」

ぽりぽりと、雨宮が苦笑していた。

……いやまあ、それが普通の反応だけどな。

五人、と言ったがあれはあくまで雨宮についた嘘だ。

今戦っているメンバーは確かに五人だが、実際はすべて俺の取り分になるというのを知ったら、雨宮はもっと驚くかもしれない。

まあ、実紅が欲しいものがあれば買うし、ゴブッチたちにも必要なものがあれば購入していく。

それに、今後のことも考えて貯金を始める必要もある。

結婚するのにお金がないなんてダサいからな……！

「それにしても……凄い。私たちの同級生には、こんなに稼げている人いないよ」

確かに、そうだよな。

変な詮索《せんさく》をされないよう、俺は苦笑を返しておいた。

「みんなが強いんだ。俺なんてお荷物だよ」

「けど、鏑木をパーティーに入れてるってことは、きっと何か価値があるんだよ。そういう人たちに出会えて、良かったね」

「……うん」

確かに、仲間には恵まれている。その点は素直に頷けた。

「……私がそのくらいの人に、なれれば良かったのかな」

「どういうことだ？」

「ううん、なんでもない」

雨宮は唇をぎゅっと結んで笑った。

お金を受け取ったあと、俺はギルドを出た。

冒険者通りに向かった俺は、まずは必要になるであろうポーション類を大量に買い込んだ。ポーションはゴブッチもポーチに入れて持ち歩くようになった。いくらあっても困らない。

魔法石に関しては実紅がだいたい作れるが、念のために全属性の魔法石を購入しておく。実紅は火属性が基本だからな。特に相手が火属性の場合になかなか戦いに参加できないため、水属性の魔法石を多めに購入しておいた。

これだけですでに出費は八万ほどだ。全部を一度の攻略に使うわけではないとはいえ、それでも冒険者というのが危険なわりに金を稼ぐのが難しいことがよくわかる。

実力のある人以外は本業にするな、とよく言われていたな。趣味で稼ぐ分には最高の仕事だ。毎日コツコツとやっていれば、月で十万くらい稼げるからね。副業としては完璧だ。

冒険者として上を目指す必要がなければ、それほど道具も必要ないし。

だから、場合によっては俺のように冒険者になるのが厳しくて一般校に転校した人のほうが、本業と合わせての収入がそこらの冒険者本業の人よりも多いというのは珍しくない。

十階層に挑むための道具類の準備はこれで終わりだ。

あとはゴブッチの武器だが……武器屋を見て回っていると、それなりに良さそうな武器があった。

ゴブッチの持っていた鉄パイプとそう変わらない。ただ、質は上がっている。

それの値段が、五万ほど。……これでもう稼ぎの三分の一くらいが消えたんだから恐ろしいものだ。


準備万端になったので、明日に備えて家に戻った。

食事などを済ませたあと、ベッドに入る。

すっと実紅も慣れたように俺のベッドに入ってきた。

俺は実紅に背を向けるように眠っていた。

と、俺の背中に柔らかな感触があった。

な、なんだ⁉

見れば実紅がからかうように微笑んで、背中に抱きついていた。最近は、ずっとこうだ。

「み、実紅近くないか？」

「耳まで真っ赤ね。まだ慣れないの？」

ふっと耳元に息が吹きかかる。

「……な、慣れるかって。実紅は、そのカワイイし……色々、柔らかいし」

「ふふ、相変わらずね」

ちらと、視線を向ける。……そういう実紅だって耳まで赤いじゃんかっ。

「おやすみ」

「……うん、おやすみ」

実紅が目を閉じる。

俺も目を閉じて、そして思う。

……実紅は、きっと心配しているんだろう。

冒険者通りで買い物をしていたときも、時折不安そうに唇をぎゅっと引き結んでいた。

実紅を、安心させたい。そのためにも、明日の挑戦で、中ボスを倒す。

それで、明日の迷宮攻略は終わりだ。お祝いに、どこかの店で派手に食事でもしよう。

○

実紅とともに竜胆迷宮へと来ていた。

俺は今日、いよいよ十階層に挑む。

……第十階層か。

実紅はここに来るまでずっと不安そうにしていた。

だから、絶対に十階層の魔物を倒して、彼女を安心させないとな。

ルフルに乗って移動しながら、実紅をちらと見た。

「十階層のボスはどんな魔物なんだ？」

「……人間よ」

人間。思わず俺は目を見開き、彼女を見てしまう。

「人型の魔物、じゃなくて……人間なのか？」

「私が見た限りではそうだったわ。どんな風に戦うのかは、見たことがないからわからないけど……大剣を背負っているわ」

この迷宮に挑んだ人自体が少ないと言っていた。

挑んだ人も最初の数階層で面倒になり、あるいは実力不足で二度と迷宮に足を運ぶことがなかったそうだ。

十階層のボスは人間か。

一体どんな風に戦うのだろうか？　話はできるのだろうか？

ルフルに乗って移動していくと、一時間とかからず十階層に到着した。

そこからは全員で慎重に移動していく。

「魔物は、いないみたいだな」

「ええ。ここには中ボスしか出ないわ。だから、ボスさえ倒せれば、休憩地点として利用することもできるわね」

そういう階層は他の迷宮でも稀にある。魔物がまったく出ない土地だ。

日本はもともと国土が大きくないこともあり、そういった土地は有効活用されている。

迷宮は各国の常識を色々な意味で覆していった。

まあ、一市民の俺はそれらの恩恵を受けてこそいるが、正直言って何がどう変わっていったのかまで、詳しく説明できるほどの知識は持っていない。

テレビの豆知識番組、みたいなので聞くと感心するようなことばかりだ。

しばらく歩いたときだった。人影を見つけた。

彼のほうへと近づくと、彼は驚いたようにこちらを見た。

「ここに人が来るなんて珍しいな？　なんだ、デートか？」

ちらと、彼は俺と実紅を見てきた。……見えている、ようだ。それに実紅も驚いたようだ。

局所だけを守る鎧を身にまとった青年は、日本人らしさがない。外国人……ともまた違う雰囲気を持っている。

見た目はまるで、どこかの国の兵士――。しかし、古臭さはない。

彼の拍子抜けするような笑顔に、敵意は感じなかった。

だが、油断はできない。話をしている間に、襲われる可能性だってある。

「えーと……あんたはボス、でいいんだよな？」

「一応そうみたいだ。オレはクラウス。おまえは？」

からっと笑う。……なんだか調子が狂うな。

「俺は鏑木健吾だ」

「カブラギケンゴ？　長い名前だな」

……間違いなく、日本人ではなさそうだな。

なぜか流暢に日本語を話しているのは、そう聞こえているだけかもしれない。

「なら、こう言ったらわかりやすいか？　ケンゴ・カブラギだ」

「はあ、なるほどなるほど。それじゃあケンゴ。おまえはどうして迷宮に潜っているんだ？」

「……ここにいる、実紅が見えているんだよな？　俺は彼女を助けるために、ここにいるんだ」

「へぇ……。そっちの嬢ちゃんは、ここの管理者か？　ここまでしっかり具現化してるなんて、大層な魔力があるみたいだな」

彼は顎に手を当て、感心するように実紅を見ていた。

……迷宮の知識は持っている？

「けど何しにここに来たんだ嬢ちゃん。」

「……あなたを倒しによ」

「……嬢ちゃんが、か？　そんなことしていいのかよ？」

クラウスの言葉に、俺は首を傾げる。

「どういうことだ？」

俺が問いかけた瞬間、実紅がはっとなった顔でクラウスを見た。

「あなた、それ以上は言わなくていいわっ」

クラウスに向かって叫んだ実紅が、同時に火の弾を放った。

しかし、クラウスはそれを大剣の腹ではじいた。

「なんだ、そっちの男は知らないのか？　……嬢ちゃんは、ケンゴが心配でここにいるってところか？」

「……」

実紅は黙っていた。俺がクラウスを見ると、彼は嘆息まじりに息を吐いた。

「迷宮の管理者ってのは、生命活動のすべてを魔力に変換して、それによって迷宮を封印する。その霊体が力尽きたとき、迷宮が崩壊する。もちろん、発生していた大量の魔物なども引き連れて、消滅するんだ。今そこにいる嬢ちゃんは魔力の塊、みたいなものだ。このまま嬢ちゃんが活動していれば、魔力はどんどん失われ、そして最後には迷宮とともにおさらば、というわけだ」

魔力の、塊。

俺は彼の言葉に、嫌なものを感じていた。

そして、クラウスはその言葉を言い放った。

「だから、魔力を使えばどんどん寿命が短くなっていく。まあ、オレはどうやら、ケンゴたちとは別世界の人間みたいだからそこらへんの常識も違ってくるかもしれないけどな」

つまり実紅は、魔力を使えば使うだけ、寿命を削っていくってことか……？　それじゃあ、これまで戦いで彼女が魔法を使っていたのも――。

実紅を見ると、彼女はそれを理解していたようだ。

一度口元をぎゅっと結んだあと、彼女は微笑んだ。

……なんだよ、それ。

それじゃあ、俺は今まで、彼女を追い込んでいたのか？

彼女を助けると言っていたのに、俺は――実紅に寿命を削らせるような真似をしていたのか？

ダメだ……考えがまとまらない。

俺はもう一つ、気になっていたクラウスについて、質問していた。

「……やっぱり、別の世界の人間なのか？」

「さぁな。ただ、オレは異世界の存在ってのを知ってたからな？　オレは、アルスフィアっていう世界で生まれたんだ。知ってるか？」

「……いや、知らない」

「じゃあ、やっぱり異世界だな」

あっけらかんと言う彼に、頭が痛い。異世界の存在はここ日本でも調べられていた。

迷宮やスタンピードは、異世界からの侵略の一つなのではないかと考えられてもいたからな。

クラウスが先程話した内容は、今異世界があるかどうかを調べている世界を驚かせるものだが
……今はそんなことを考えている場合じゃなかった。

事実から、目を背けるわけにはいかない。

俺は荒くなった呼吸で、問いかける。

「霊体は、魔力を使うと消える、んだよ？」

「なんだ、こっちの世界でも霊体って言うんだな。ああ。そもそも、霊体ってのは魔力を多く持つものが使える力だからな。つまり、魔力だけで存在しているってわけだ。オレの知っている世界で

の知識だけどさ」

……さっきとほぼ同じ回答。

実紅は、俺の冒険にずっとついてきた。……どれだけ、寿命を削ってしまったのだろうか。

クラウスは背負っていた大剣を抜いた。

それから彼は、こちらに剣の先を向けてくる。

「できればお前たちの邪魔はしたくないんだ。オレも、誰かを助けたいって奴の気持ちは痛いほどわかるしな。……けど、悪いな。魔物として体が勝手に動いちまう」

そう言いながら、彼は大剣をこちらに向ける。

「せいぜい、死なないようにな。オレも心根の良い奴を殺すのは気分が悪いから」

頼む、とばかりにクラウスは笑った。

とても、これから戦う相手とは思えない言葉を吐き、彼が地面を蹴る。

一瞬で距離をつめられる。大剣が振り抜かれた。

間一髪、剣で受けた。

めきめきっと骨がきしむ。油断していたわけじゃない。

ただ、視界の端で動く実紅をついつい意識してしまう。

「実紅っ！　下がっててくれ！」

「けど――！」

……くそっ。彼女に、魔法を使わせるわけにはいかない。

霊体として存在できなくなれば、実紅はどうなる？　それこそ、本当に死んでしまうのではないか？

霊体は魂、とも言われている。もしもそれを失えば、実紅を助け出しても、体だけしかない可能性だってある。

そんなの、絶対にダメだ。彼女抜きで、戦うしかない……っ！

「次は上から行く！　かわせ！」

クラウスがそう言うと、本当に上から来た。

わかっていても、受け止めるので精一杯だ。

ゴブッチとスラスラが飛びかかる。

それをクラウスはあっさりとかわした。俺のほうに脇から駆け込んできたルフル。俺はその背中を掴み、クラウスの眼前から離脱する。

ルフルが加速する。俺はその加速を利用しながら、騎馬《きば》から攻撃をするように剣を振り抜いた。

クラウスはそれをあっさりと受け止めた。

……やるな。かなり、強い。

クラウスの攻撃が加速する。

それでも、途中途中でクラウスは声を上げる。

「次は、左からだ」、「次は上段からだ」――。

そんなアドバイスを出してくるクラウスとどうにか打ち合う。

「……なあ、ケンゴ」

「なんだ……っ」

鍔迫《つばぜ》り合いを行っていた俺に、クラウスが声をかけてくる。

起き上がったゴブッチたちがよろよろと立ち上がり、攻撃を試みるが、彼らでは――圧倒的に力が足りていなかった。

「なんで、誰かのために迷宮攻略しようとしてんだ？」

「好きな、人だから……だっ！」

俺の言葉に彼は満足そうに笑う。そう思うなら、手加減してくれよ……っ！

「そっか。オレも似たようなことがあったんだ。大切な友達が迷宮を封印して……でもオレは助けられなかった。助けに、行けなかった。色々な事情があったけど、何もできなかった」

彼の悲しそうな目が俺を見据える。だが、力はどんどん増していく。

そうして、クラウスは笑った。

「やっぱ……おまえを殺したくねぇわ。だから――逃げてくれ」

そう言った瞬間。彼の体から強い魔力が吹き出す。

それと同時に、彼の姿が消えた。右から影が迫る。それをなんとか剣ではじいた。

次の瞬間には、左から。

連続の攻撃を紙一重で捌いていく。

攻撃がかすり始める。痛みで動きが鈍り、彼に対しての対応が間に合わなくなる。

くそ……なんとかしないといけないのに。

ここで彼を破り、実紅に証明したかったのに！

クラウスが振り抜いた一撃に、俺も剣を振りぬく。

お互いの剣がぶつかる。

力と力のぶつかり合い。だが、俺の体が傾く。

……勝てないのかよ、俺はっ！

無理やりに力を込める。

絶対に勝つ。気合は十分に入っていたが、俺の剣は受け切れなかった。

ピキッという嫌な音ともに、俺の剣が根元から砕けた。

「マジか……っ」

「逃げろ、ケンゴ！」

眼前に迫ったクラウスの大剣。

そこに割り込んだのはゴブッチだった。

その身を犠牲に切り裂かれた。真っ二つになったゴブッチを俺は呆然と見るしかできなかった。

俺の体をスラスラとルフルが突進ではじいた。

「スラー！」

「ウル！」

彼らが訴えるように叫んだ。

……わかっている。魔物たちの言葉の意味を理解した俺は悔しさを噛みしめながら、脱出用魔石を取り出す。

実紅が、すっと俺のほうにやってきたのに合わせ、地面に投げつける。

煙が上がると同時、俺は迷宮入口までワープした。

勝て……なかった。無力さを噛みしめ、それを受け止めきれなかった。

第十話　助けるために

竜胆迷宮を離れ、家へと向かう。

実紅とともにいつものように手を握り合って帰っていたが、今はその熱に申し訳なさを感じていた。

何も知らずに、俺は実紅に無茶をさせていた。

……そもそも、第十階層には勝つつもりで挑んだ。

実紅の不安を取り除くために。

俺は強くなったんだって、伝えたかった。

けど、結果はこれだ。まったく歯が立たなかった。

それだけでなく、これまで彼女に負担をかけていたことを知らされた。

「実紅」

「……何？」

実紅はいつも以上の笑顔で俺を覗き込んできた。

……たぶん、俺を元気づけようとしているんだ。今の彼女にそんな笑顔をさせてしまっている自分に悔しさを覚える。

「ごめんっ。今まで無理させちゃって」

まずは、謝らないと。

俺が助けている気になっていただけだった。馬鹿だ、俺は。

「いいのよ。嫌だったら私がちゃんと事情を説明していたわ。……それでも、あなたと一緒にこうして冒険者をしていたかったの。……あなたのお荷物にはなりたくなかったの」

「……それでも」

「魔力を消費しても、多少なら食事とかで回復できるのよ。だから、そんなに気にしないで」

……確かに、実紅はそんなことを言っていた。けど、それでも――。

申し訳ない気持ちでいっぱいになっていると、実紅は俺に微笑んできた。

「楽しいの。今の生活が。だから、気にしないでいいわよ」

実紅はそれをきっと本心で言ってくれているんだ。

……俺は短く息を吐いた。

切り替えないと、だ。すでに起きてしまったことなんだから、今さらどうにもできない。

それよりも、これからを考えないと。

「実紅、クラウスは霊体がなくなれば死ぬと言っていただろ？　実紅はあとどのくらい霊体を維持できるんだ？」

「一年くらい……じゃないかしら？　十分でしょ？」

一年……何も十分じゃない。

霊体がなくなって、本当に死ぬのかどうかはわからない。

ただ、クラウスが嘘をついている様子はなかった。

だから、これ以上の無理はさせられない。

実紅がふっと口元を緩めた。

「強いでしょ……十階層のボス。絶対、強いって思っていたのよ」

「そうだな」

「……今のあなたじゃ、勝てないわ」

「いや、もう負けない。残りの時間は一年くらいなんだろ？　なら、あと半年で迷宮を全部攻略する。そうすりゃ、問題ないってわけだろ？」

今まで負担をかけていた分はすべてチャラになるはずだ。

俺が拳を固め、彼女に笑いかける。

くしゃり、と実紅の表情が崩れた。

「焦って挑むのだけは、やめて。今の健吾じゃ、勝てないのよ。強くなる手段がないじゃない」

「けど――」

「私は、今……とっても幸せなの。私のことを想ってくれる人とこうして、過ごせていることが。……好きな人と一緒に暮らしていることが」

彼女の言葉に頬が熱くなる。

けど、彼女が何を思ってその言葉を口にしているのかを考えたとき、俺の体は急激に冷えていく。

「一年間だけでいいわ。……私と一緒にいてくれないかしら？」

実紅は俺の前に出て、すっと手を伸ばしてきた。

満面の笑顔で。

それに返事をすれば、きっと一年間。幸せに暮らすことができるだろう。

俺は彼女の手を無視して、その体を抱きしめる。

「一年じゃない！　その先もずっと一緒だ」

「健吾……」

「俺はまだ強くなる。こんなところで諦められるほど、割り切れるほど賢くないんだよ」

強く、強く抱きしめる。服がぎゅっと掴まれる。実紅が顔を押し付けた場所が、じんわりと濡れた。その顔を見るのは、失礼だろう。

彼女の肩は震えている。

……消えるのは、怖いはずだ。それでも、実紅は俺のために力を使ってくれていた。

気づいてやれなかった。それは反省だ。けど、いつまでもウジウジ悩んでいる暇はない。

彼女の表情を晴れさせるには、行動で示すしかない。

クラウスを倒してな。

「とりあえず、家に戻って今日は休む。また明日、どうするかは考えていくつもりだ」

「……ええ、そう、ね」

家に戻り食事をしてから俺はベッドに入る。

実紅と一緒にいつものように横になったところで、実紅がすっとこちらを向いた。

「……抱きしめて、くれないかしら?」

「えと……あ、ああ」

頬を朱に染めた彼女をぎゅっと抱きしめる。

……この温もりを失わないために、俺はクラウスを倒す。

○

次の日。

俺は家を出て学校を目指していた。

実紅は一緒じゃない。彼女はインターネットを駆使して、俺が強くなる方法を調べてくれるらしい。

……俺としても、そっちのほうがいい。彼女にはしばらく休んでいてもらう。

これから、どうしようか。そんなことを考えて歩いていると、何か頭に声のようなものが聞こえた。

……ゴブッチたちが騒いでいる気がした。彼らがそんな風に干渉してくることは今までなかった。

俺は人目につかない路地裏に入る。

次の瞬間、ゴブゴブゴブッチたちが現れた。

「ご、ゴブゴブ！」

「スラスラ、スラー！」

「ウルルルル！」

彼らが身振り手振りで何かを表現してくる。

滅茶苦茶アピールしてきて、彼らが何を言いたいのかなんとなくわかった。

「強くなろうとしてくれるんだな」

その瞬間みんなが首を縦に振った。

「……ありがとな」

俺は学校に、風邪をひいてしまったので、休むと連絡を入れた。

今まで欠席したことがなかったため、教師から特に追及されることもなかった。

俺はその足で竜胆迷宮に向かった。

一階層に下りたところで、魔物たちを召喚する。

「それじゃあ、さっきの通り俺が戻ってくるまでここで自由に戦ってくれ」

彼らが訴えていたのは、どこかに行く前に迷宮に自分たちを残してほしいというものだった。

……よくよく考えれば、それについては検証したことさえなかったな。

俺がいなくても、彼らだけで魔物を狩って成長できるのかどうか。

みんながそう訴えかけるのだから、たぶんできるんだろう。

魔物たちを迷宮に残した俺は、そのまま冒険者学園に向かった。

新しい武器を調達する必要があった。

……俺は剣に入っていた、Ｔｓｕｋａｓａ、と彫られた銘を思い出し、学園の武器屋を見て回る。

しかし、ツカサの武器は他に見当たらない。

以前購入した武器屋で話を聞いてみると、ツカサは学園の生徒だそうだ。武器屋は事情を知っているようだが、詳しい話はしてくれなかった。

納品者の個人情報を教えないとか、色々事情があるんだろう。

この手に馴染んだ剣を、打ち直してほしかった。そのため、ツカサに会う必要がある。

ただ、学園にいきなり入るわけにもいかない。今の俺は学園生じゃないからな。

俺はデバイスを取り出し、雨宮に連絡を取る。

何度かのコールのあと、雨宮につながった。

「雨宮？　ちょっといいか？」

『何？』

「……ちょっと学園の生徒で会いたい人がいるんだ。協力してくれないか？」

『どういうこと？』

雨宮に新しい武器が欲しいと事情を説明すると、彼女はすぐに了承してくれた。

冒険者通りでしばらく待つと、彼女がやってきた。

「久しぶり」

「ああ、久しぶり」

　雨宮が笑いかけてきて、俺の隣に並ぶ。

「悪いな、いきなりで」

「今日は大丈夫。冒険者学科は、迷宮探索日だから」

「……そっか。いいなぁ、学校の授業で迷宮潜れるなんて」

「そう？　私は面倒だけど」

　雨宮はいつも決まってそう言う。彼女は現在レベル2まで上がっている優秀な生徒だ。恐らく、同学年で見てもトップのほうだろう。

「雨宮、さっき言っていたツカサって人が誰かわかるのか？」

「たぶん。そういう変なことする変わり者がいるから」

　生産者というのは基本的に武器屋に自分のことを話すそうだ。自分の武器や防具を買ってくれた情報が欲しいからだ。

　だが、ツカサはまったく話さなかった。それが、雨宮からすれば引っ掛かるようだ。

「……支援学科の人で、鍛冶《かじ》ができるツカサは有名人だから」

「……そうなのか？」

「うん。性格に難ありだけど、かなりいい武器を作る人。……S級の冒険者からも仕事を頼まれたことがある人」

「え!?　そんななのか!?」

「ただ、断ったけど」

「マジで⁉　じゃあ俺なんか絶対無理じゃないか！」

「それでも、頼みに行く？」

無理、だとは思うがやってみないことにはわからない。

「ああ、ダメでもともとな。……前使っていた剣がかなり手に馴染んだからな」

「そう……ていうか、冒険者通りに武器なんて出してたんだ」

雨宮はそれに少し驚いている様子だった。

俺は雨宮とともに、支援学科の校舎を歩く。

雨宮は、やはりみんなの注目を集めていた。

ツカサがいる教室に入る。今は休憩時間のようで、生徒たちは自由に動いていた。

「……おい、雨宮さんだ」

「今日も綺麗だっ……って男⁉」

「ていうか、雨宮さんの隣にいる男ってもしかして――」

「あ、あいつうちにいた最弱の冒険者とか呼ばれてた奴じゃないか⁉」

「そうだ。落ちこぼれの鏑木だ！　なんでまたこんなところに……？」

「支援学科に移ったんだっけ？」

「いや、学校から転科勧められて、断って一般校に行ったとかなんとか」

ある意味、有名人だったからか、散々なことを言われている。

雨宮がそれらを睨みつけて黙らせる。懐かしいな、この感じ。

「あれが、近藤司《こんどうつかさ》」

雨宮が指さした先にいたのは一人の男だ。

大きなヘッドホンを着け、つまらなそうに肘をついて外を眺めている。

彼は、周りなんてまったく気にならない様子だった。そんな彼のもとに、俺は近づいていく。

「何しに来たんだ？　あの落ちこぼれ」

「……近藤さんに用事があるのか？　あいつの作る武器は、その人の能力を引き上げるとかなんとか言われてるもんな」

「国からも生産を頼まれたらしいよな？　けど、気分が乗らないからって作らなかったとか」

「そうそう。それで、国のお偉いさんから結構激しく怒られたらしいけど、なんて言ったか覚えてるか？」

「知ってる！　『気に食わないなら殺せば？』って返したんだもんな。それは困ると、向こうも黙って……あいつ自分の力わかってるからな。すげぇよあいつの度胸は……」

……近藤司、か。かなり厄介な性格をしている男みたいだな。

俺は彼の前に立つと、近藤はちらとこちらを見てきた。それでも無視だ。

「武器を作ってほしい」

「オレは気分が乗らない限り作るつもりはない。失《う》せろ」

「あんたが、この剣を作ったんだろ？」

俺が近藤に剣を向けると、彼はぴくりと反応した。

鞘《さや》から取り出し、へし折れてしまった剣を見て、驚いたように目を見開いている。

「そうだが。……なぜ、壊れている？」

「俺が戦った魔物に折られた。……そいつを倒すために、この剣を鍛え直してはくれないか？」

「……折られた、だと」

近藤がさらに不機嫌そうに眉を寄せた。

まるで、剣を折られたことに苛立っているようだ。

近藤はひらひらと手を振った。

「オレは気分の乗ったときにしか剣は作らない。悪いが他の奴にあたりな」

「頼む！　あんたの剣が一番しっくりきたんだっ。もう一度、もう一度だけでいい！」

「うるさい」

「助けたい人がいるんだ！　その人を少しでも早く安心させたいっ」

「最弱の冒険者。ある意味有名人だな、鏑木健吾。悪いが、雑魚《ざこ》に興味は――」

俺はばっと取り出したステータスカードを彼に見せつける。

彼はそれをまじまじと見つめていた。……最後の、切り札だ。

普通とは違う、異常さにあふれたステータスカード。それに少しでも興味を持ってくれれば……。

「前よりは成長したはずだ。頼む……俺はどうしても、この迷宮にいる人を助けたいんだ。そのために、おまえの力を貸してほしい。……報酬は、今持っているものならなんでも払う」

「……」

しばらく、彼は俺のステータスカードを見て、それから立ち上がった。

「近藤っ！」

「司でいい。ついてきな」

「……え？」

「詳しい話を聞かせな」

「あ、ああ！」

近藤とともに俺は教室を出る。

廊下に出た瞬間、教室が騒がしくなったが、そんなこと気にしている暇はなかった。

○

「……竜胆迷宮から、管理者の竜胆実紅を救い出す……ねえ」

事情を司に説明すると、司はつぶやくようにそういった。

それまで仏頂面だった彼の表情がぐしゃっと崩れた。

突然の変化に動揺する。

「好きな、好きな人の、ためか……！　おまえ、良い奴だなぁ……っ」

バシバシと俺の肩を叩く司。

……さっきまでのイメージとまるで違ったため、それに少し驚いていた。とりあえず、信じてくれて良かった。

校内にある彼の工房に来ていた。

一応部室、ということで貸し出されているようだが、ほぼ彼の私物であふれていた。

鍛冶師の部屋というよりは研究室、と言ったほうが近いかもしれない。様々な資料本が積み重なって、かなり汚いのだが、彼はどこに何があるか把握しているようで、高く積み上がった荷物の中からノートを取り出した。

司が手を差し出してきた。彼の視線は俺の腰に向けられている。司に剣を渡すと、鞘から抜いた。

折れたその剣を彼は片手で遊ばせていた。

「この剣はオレが作って、素性を隠して適当に店に置いたもんだ。誰か運の良い奴へのプレゼントにでもしてやろうと思ってな」

「……そうなのか」

「どうやら、運命ってのは本当にあるらしい。オレは……自分の気に入った相手にしか武器を作るつもりはなかったが、たまたまこうして出会えたのはこの剣のおかげだな」

彼は剣を近くにぽいっと放り投げた。

「新しい剣を作ってやる。次にその迷宮に挑む予定はいつだ？」

「……土曜日に行こうと思っていた」

「そうか。それまでには出来上がるだろう」

「そんな早く出来きるものなのか？」

生産職について、あまり知らなかった。

……知ろうとしなかった、と言うほうが正しいか。少しでもそっちに興味を示すと、学園の教師たちがすぐに勧めてくるからな。

冒険者学科では、才能のない者を支援学科に移す。そのため、支援学科は落ちこぼれたちの集まり、と言われている。

もちろん、司のように才能ある一部の人は、下手な冒険者よりも有名だ。

「スキル使うんだからな。今時の鍛冶師は炉や窯《かま》とかは使わないことくらいは知っているだろ？大事なのは、スキルを制御する緻密《ちみつ》さだけだ」

彼はそう言ってヘッドホンを着けた。

「これから、仕事を始める。土曜日に来な。土曜の朝までには完成させておく」

「……ああ。ありがとう」

これで……とりあえず、武器はなんとかなる、か。

あとは、俺の問題だな。

あのとき——戦いに集中しきれていなかった。

俺が知らぬ間に実紅を傷つけていたとか。

実紅をこの場で戦わせてはいけないとか。

そういう戦い以外のことを考えすぎていた。

……次はクラウスを倒すことだけに集中しないと。

まだまだ、未熟だ。これ以上、ステータスの向上が難しいのなら、そういった精神面、ステータスに出ない部分を鍛えるしかない。

今あるステータスを全開で引き出せるように。それを超えられるように。

○

土曜日の朝。

俺は剣を受け取るため、学園に来ていた。

校舎は静かであり、警備員たちが入口を塞《ふさ》いでいる。

関係者以外は立ち入り禁止だそうだが、司から話は通っていたらしく、外部者入館の書類に記載後、中へと入ることができた。

司の部屋に行くと、生ゴミの臭いが凄かった。

ちらと見ると、司は酷い恰好《かっこう》であった。

「……司」

「ん？　ああ、土曜日か？」

彼はソファで横になって眠っていた。テーブルの上には以前使っていた剣と似たものがあった。

「剣は出来上がったぞ。持っていってくれ」

司はあくびとともに剣を示した。

それを握りしめ、鞘から抜く。その美しく輝く刀身に目を瞠《みは》る。

別に目利きができるわけではないが、良品であることはすぐにわかった。

握った瞬間、なぜかよく手に馴染む剣は、前と同じだ。

「以前作ったのをモデルに、かなり改良させてもらった。あとはおまえの手に馴染むかどうかだが、どうだ」

「……完璧だ。まるで腕の延長みたいだ」

「物騒な腕だことで」

司はソファで横になったまま、手を枕のようにしてこちらを見た。

そんな彼に俺は伝える。

「料金はいくらになるんだ？」

「タダでいいぜ」

「ほ、本当か？」

「と、かっこいいことを言いたいが、こっちも仕事だ。そうだな……竜胆迷宮で手に入る素材を一通りくれ。それだけでいい」

「本当か？」

「ああ。竜胆迷宮を攻略する間に手に入れた初めての素材を必ず一度、オレに納品してくれればいい。そうすりゃ、攻略するまでの間、オレが武器のメンテはしてやる」

「……マジかよ」

「ああ。協力したいと思った奴にはとことん付き合わせてもらう。悪いな」

悪い、どころか最高だ。

「ありがとな！」

「そりゃあこっちもだ。代わりに、竜胆迷宮は絶対攻略しろよ。あとで自慢に使ってやるから」

「ああ、いくらでも自慢してくれればいいよ！」

「その剣なら、破壊されることはないはずだ。そんじゃ、オレは休ませてもらう」

次の瞬間には、いびきが聞こえた。

……これで、武器は揃った。

彼の部屋をそっとあとにして、俺は竜胆迷宮へ向かう。

実紅には、武器を受け取りに行く、としか伝えなかった。

だが俺はこれから、竜胆迷宮十階層を攻略に行くつもりだ。

……実紅はきっと、俺の挑戦を止める。だから、彼女には何も伝えていない。

第一、実紅が一緒にいてはダメだ。これ以上、彼女に負担をかけるわけにはいかない。

ここからの迷宮攻略は、俺一人でやっていく。

そこで、ゴブッチたちを召喚する。

この一週間、ひたすら鍛え続けた彼らは、気づけば全員レベル2にまで上がっていた。

ありがとな、みんな。

「みんな、準備はいいか？」

「ゴブ！」

「スラスラー」

「ウルルル！」

みんな元気いっぱいで返事をしてくる。

腰に提げた剣に手を伸ばし、深呼吸。挑む準備は出来た。

ルフルに乗って迷宮を駆け抜ける。

途中の雑魚はすべて無視だ。

第十階層につながる階段には、思っていたよりもずっと早く着いた。

ルフルが成長したのもあるんだろう。

一度そこで足を止める。ゴブッチとスラスラは大丈夫だろうが、移動しっぱなしのルフルにも休んでもらう必要があった。

「みんないいか。今日はぶっ倒して、それで終わりだ。家に戻って、実紅に笑顔で報告するためにな」

「ゴブー！」

ゴブッチが武器を掴み上げ、

「スラッ！」

スラスラが体の一部を拳のようにして構え、

「ウル！」

ルフルも後ろ足で立ち上がり、両手をバンザイとばかりに挙げた。

みんなが協力してくれるんだし、絶対に倒さないとな。

十階層に下りた俺は、そこで以前と同じように待っていたクラウスを見る。

「また、来たのか？」

「ああ、今度は、勝つためにな」

クラウスは笑みとともに大剣を持ち上げた。

「そうか。勝つ見込みはあるのか？」

「前回とは何もかもが違う……だから、倒されてくれよ」

「悪いが、加減はできない。けど、全力のオレを超えてこそ、安心させられるんじゃないか？」

「……そう、だな」

「倒せると、いいな」

クラウスがそうつぶやいたのが戦いの始まりの合図だった。

彼が大地を蹴るのに合わせ、こちらも動き出した。

○

スラスラがその液体特有の体を弾丸のように打ち出した。

うちのパーティーで中距離、遠距離からの攻撃ができるのはスラスラだけだ。

スラスラはそれを理解していたのだろうか。

スラスラがこの一週間で、特に鍛えたのが中、遠距離だったというのはスラスラなりにうちのパーティーの欠点を補おうとしてくれたのかもしれない。

スラスラの放った弾丸は前よりも速く、正確だ。

横に跳んでかわしたクラウスへ、弾丸の雨は降り注いでいく。機関銃の連射とでも言おうか。それらを彷彿《ほうふつ》とさせるような連撃がクラウスを襲う。

クラウスは大剣の腹を盾に使ってはじきながら、迫ってきた。スラスラの連射を受けても、怯む様子がないのは、さすがだった。

ゴブッチとルフルが飛びかかる。だが、クラウスはそれも剣を振ってはじき、あっさりと動く。

今のゴブッチたちの攻撃でさえ、あれで捌けるのか。

ゴブッチたちに代わり、俺が突っ込んだ。お互いの武器がぶつかる距離。そこで振り抜いた。

キンッ！　という激しい音が響き、俺はよろめく。だが、クラウスもまたたたらを踏んだ。

力は互角……以前と違い、全力が出せている。……だから、勝つ！

武器の強度だって、負けていない――いや、超えているはずだ。

この武器を作った司の思いが伝わってくる。彼の名を汚さないためにも、俺は剣を振り抜く。

以前とは比べ物にならないほどの頑丈さだ。

よろめいたクラウスは笑みを浮かべ、踏み込む。

立ち直りが早い。俺も負けじと体勢を戻して、剣を振り抜いた。

近距離での打ち合いだ。一度でもはじくのをミスれば、腕がしびれ、まともに動けなくなっていたかもしれない。

だが、すべて捌いていた。そこへ、

「ウル！」

ルフルが背後から噛みついた。

クラウスの動きが鈍る。クラウスは表情を一切変えなかったが、痛みは確実にあるはずだ。

クラウスの肩に俺の剣が当たる。

ゴブッチの武器がクラウスの頭を背後から殴りつける。

クラウスはすべてをまともに受けながらも、視線を俺に向けていた。

「周囲に攻撃するから、離れたほうがいいぞ？」

クラウスのアドバイス。それらを理解した俺たちが後退する。

彼が周囲を薙《な》ぎ払うように大剣を振り回した。

斬撃《ざんげき》が周囲数メートルを襲う。かわしきれなかったゴブッチの左腕を捉えた。

「ご、ゴブ……っ」

ゴブッチはしかし、すぐにポーションを使って回復する。その隙を狙うようにクラウスが迫ったが、スラスラの弾丸が二体の間を妨害するように放たれた。

クラウスの背後へ、ルフルが飛びつく。回るように大剣を振り回したクラウスの一撃に、ルフルが斬りつけられ、その体を両断される。

うちのパーティーで仲間になった順番はルフルが最後だ。やはりゴブッチたちと比較するとわずかに能力が低かったか。

だが、それでも十分すぎるだけの活躍をしてくれた。

ルフルが作ってくれた隙へと突っ込み、俺はクラウスに剣を突き刺した。

胸深く剣が突き刺さり、クラウスの口からはごぼっと血が吐き出される。

視線がこちらを向く。

「まだ……終わりじゃない。気を付けるんだ」

……人間とは違う、ってわけか。

心臓を貫いたはずだ。それでいて、まだ動ける。

彼は大剣とともに振り返ってきた。

たたっと地面を蹴りつけ、後退する。

次の瞬間だった。クラウスの剣が光を放つ。

あのときくらった連撃を思い出す。俺は彼を注視していると、クラウスが動いた。

彼の体がぶれる。それはあまりの速度ゆえの残像――。

右から大剣が襲い掛かってきた。気づいた次には、左から。

即座に反応し、俺は受けていく。

彼の剣は速く、重たい。だが、それでも、自分のステータスを信じる。今の俺は彼を超えているんだと、強く強く思い続ける。
迷いなく剣を振り抜き、そして、斬り上げる。
正面から突っ込んできた彼の突きをはじき上げた。
驚いたように目を見開いた彼は、口元を緩めた。
「今のを捌ききったんだな」
クラウスの体を袈裟《けさ》斬りしたにもかかわらず、彼は笑っている。
その腹へと、ゴブッチが突っ込んだ。
同時に、スラスラが俺の近くにやってきて、ポーションをかけてくれる。
ゴブッチの一撃を受けたクラウスは一瞬よろめいたが、踏ん張る。
今のでも、仕留めた、とはいかないか。
だが、通じている……。
前ほどの絶望感はない。
クラウスは俺たちから距離を空けるように後退し、大剣をすっと構えた。
地面と平行になるように持ち上げた彼の構えは、初めて見るものだった。
「次はさっきよりも、速い。だから……気を付けるんだぞ」
それは忠告だ。
クラウスの言葉を受けた瞬間、俺のほうにスラスラが近づいてくる。
クラウスの体を注視していた俺はその体がぶれるのを見て——すぐに剣を振り抜いた。

キンッ、という金属音が響いた。

彼の剣を受けた俺は、あまりの重たさに顔をしかめる。

体勢が不利だったのもあるかもしれない。クラウスの剣に抵抗するように力を込めた俺だったが、はじき上げられた。

剣を握りしめ続けた点に関してだけは、自分を評価できた。

だが、両腕は隙だらけにはじき上げられ、無防備にさらされた胴へ、クラウスの大剣が振り下ろされた。

「がぁっ！」

痛みが襲った。だが、すぐに俺は剣を握りしめる。

ぐっと奥歯を噛みしめ、クラウスを睨みつける。そして、剣を振り抜いた。

俺の一撃に、クラウスが足を止める。

さすがのクラウスも攻撃を続けることはできなかったようだ。

俺に斬られた場所を押さえながら、後退する。

「スライムの、鎧か」

クラウスの視線は俺に向けられていた。先ほどクラウスが斬りつけた部位——俺はそこにスラスラを着けて身を守った。

今の一撃は、スラスラが受けてくれた。もちろん、衝撃はあったが、斬撃が俺の体にまで届くことはなかった。

それは、防刃シャツのようなものだ。刃は通さないが……それだけだ。

衝撃は普通に届いた。骨にまで響く痛みはあったが、スラスラがポーションで回復してくれたので、痛みはすぐに引いた。

だからこそ、できた反撃だった。

……もともと、クラウスの連撃を捌ききれるかどうかはわからなかった。

保険として、スラスラにはアーマーのようになって攻撃を受けてもらうつもりだった。

だが、そのスラスラは回復が間に合わなかったようで、すでに俺のステータスカードに戻っている。


……ありがとな。ここまで、支えてくれて。

ルフルとスラスラがやられてしまった。

ここからは、俺自身が彼を超えなければならない。

大剣を背負いながら、クラウスが近づいてきた。

「もうやめて戻ったほうがいい。仲間はゴブリンが一匹、だけだろう」

「……そうかもな。けど、ここで戻ったら、俺はたぶん、おまえにもう一生勝てないと思う」

打てるだけの手は打った。

ここで、俺が倒さなければ……もうこの先の攻略なんて絶対できない。

「死ぬかもしれないんだぞ」

「大好きな女の子は、あと一年で死ぬんだ」

「……ケンゴ」

実紅は、そんな覚悟を背負ったまま俺と一緒に戦ってくれた。

「その前に俺が、助け出すんだ！　そのためにも、まずはあんたを超えるっ！」

クラウスが大剣を再び構える。彼の表情は複雑そうに歪められていた。

「……そうか。なら、頑張ってくれ。オレの体だって無傷じゃない。あと、少しだ」

クラウスが大地を蹴る。相変わらず、速いな……。

これで、無傷じゃないって？　バカげた身体能力だ。

急所にもらわないように捌き、避けるので精一杯だ。

彼の攻撃はさらに激しさを増す。

なんとかしないといけないのに、突破口が見えない。

くそ……っ！　悔しさに任せての反撃は空を切る。クラウスが振り下ろした大剣に左腕を斬られた。

痛みに顔をしかめていると、ポーションが転がってきた。

断裂しかかっていた左腕にポーションをかけるが、それでも足りない。

俺は持っていたポーションをすべて取り出して、体にぶっかけ、飲んだ。

それで、腕はなんとか治った。

顔を上げる。俺が治療するための時間を稼いでくれたゴブッチが目の前で両断された。

「ケンゴっ！　逃げろ！」

クラウスが叫び、近づいてくる。

やっぱり、勝てないのか……？　みんなが協力してくれたんだぞ。

ここまでなのか？　ここで引き返すしかないのか？

……もう、これは俺一人の戦いじゃない。

みんなが実紅を助けようとしてくれたのに、なのに……っ！


諦めきれるわけがない！


ルフルが、スラスラが、ゴブッチが……みんなが俺のために、自分の体を犠牲に時間を作ってくれたんだぞ。

拳を固める。体を起こし、クラウスの大剣に合わせて、剣を振り上げる。

体が潰されそうになった瞬間だった。

ちかちかと頭の中で何かがはじけたような気がした。反射的に左手を彼に向け、俺は魔力を込めた。

そこから放たれたのは、液体による弾丸。

それは、スラスラがよく使っている攻撃の一つだ。俺の手から放たれた弾丸が、クラウスの体を捉え、吹き飛ばす。

……力が湧き上がってくる。

カードに戻った仲間たちが、俺に力を貸してくれていた。

今初めて、彼らの言葉のすべてが理解できた気がした。

みんな、実紅のことを助けたい、その思いは言われなくてもわかっていた。

……ここで、俺が諦めるわけにはいかない。

大地を踏みつけ、起き上がったクラウスの背後を取る。剣を振り下ろすと、彼はそれを避ける。

だが、それより早く剣を振り抜いた。クラウスの体に斬りつける。反撃の一撃をかわし、剣を振り下ろしながら、クラウスの腕を噛みちぎった。

ルフルの力だ。脚力と牙が鋭くなった。

血を吐き出し、俺は剣を振り下ろす。受け止めたクラウスに、咆哮をぶつける。

吹き飛んだクラウスがすぐに立ち上がり、その剣を光らせた。

彼の速度が上がり、俺に迫る。剣が振り抜かれる。

はじいた次には別の場所から斬りつけられる。

相変わらず、速い。今の俺でも、まだ彼の速度に勝てない。

だが、それなら——超えればいいっ！

速く、もっと速くだ！　クラウスの連撃に剣を合わせる。

力ではじかれても、すぐに立ち直る。隙を、無駄をなくす。

加速するクラウスより先を行く。一切の無駄をなくした一撃で、クラウスの剣をはじき上げた。

クラウスがよろめき、俺は隙だらけとなった体に剣を振り抜いた。

クラウスがふらつく。さらに踏み込んで剣を振るう。

「やれ、ケンゴッ！」

クラウスが叫ぶ。俺は自分の腕が悲鳴を上げるのを無視して、剣を振り抜いていく。

休む暇など与えない。これが、最初にして最後のチャンスだ。

上段から振り下ろした一撃を、次には振り上げる。

顔を、腕を、足を、胴を、脚を。すべてを斬り飛ばすように剣を振り続ける。

今ある全力を！　みんなから授かった力のすべてをっ！

「はあああ！」

体が軽い。力が湧き上がる。最後の一撃――そう思いを込めて、振り下ろした。

クラウスの体を斜めに斬り裂くと、血が噴き出した。迷宮に倒れ込みながら、クラウスはふっと口を緩めた。

「ちゃんと助けろよ」

倒れた彼の体を、地面に縫い付けるように振り下ろす。

十階層に静寂が生まれた。動かなくなったクラウスを、俺は乱れた呼吸で見るしかなかった。

「……クラウス」

「安心しろ……もう動けない」

彼は少しだけ腕を上げ、そして笑った。

「おまえを倒したくはなかったよ」

「魔物なんだ、仕方ないだろ。ま、頑張れよ。おまえはオレを倒したんだ。誇りに思え」

「ああ、ありがとう」

「……おまえはすげぇよ。誰かを助けるために、命だって懸けられる。……頑張れ、よ」

ふっと、笑ったクラウスの体が消え、あとには巨大な魔石だけが残った。

彼の魔石を回収した俺は、くらりと眩暈《めまい》に襲われてしまい、その場で倒れた。

体を起こそうとしても、ダメだった。激しい疲労に襲われ、俺はその場で何度か深く呼吸をした。

くそ……もう動けない。

十階層に魔物が出なくて助かった。俺はその場で、目を閉じた。

○

なんだろうか。

体が揺すられている？

そういえば俺は——どうなったんだ？

クラウスと戦うために十階層に挑んで、それで？

確か、倒したはずだ。クラウスの魔石も回収して、アイテムボックスにしまったんだ。

ゆっくりと覚醒していった脳に従うように、俺は体を起こした。

目を開けた瞬間だった。そこにいたのは、実紅だ。間違いない、この可愛い人を見間違えることなんてない。

今にも泣きそうな実紅がそこにいて、俺は驚いた。

「どうしたんだ……？」

「どうした、じゃないわ！　あなたの帰りが遅いから、もしかしたら迷宮に行っているのかもと思ったのよ……」

そしたら、俺が倒れていた、か。

十階層で戦ってからずっとここで寝ていたらしい。

どれくらいの時間が経ったかはわからない。……そりゃあ、心配するよな。また実紅に負担をかけるようなことをしてしまった。

「悪い、実紅……黙って十階層に挑んじまって」

「……心配、していたのよ。あなたが、戻ってこないから……」

死んだ、と思われていたのかもしれない。

涙ながらに胸を叩いてくる彼女に、俺は唇を結ぶ。

……泣かせてしまった。

俺は彼女の頬を伝う涙を拭うように、そっと触れた。バシバシと叩く力が強くなったが、俺はそれを甘んじて受け止めるしかない。

もう片方の手で、アイテムボックスにしまった魔石を取り出した。

他の魔石よりも一回り大きな魔石だ。

「これ、クラウスの魔石なんだ」

「……倒した、のね」

「ああ。みんなのおかげでな」

俺一人では絶対に勝てなかった。

みんなが力を貸してくれたから、クラウスを突破できた。

「……俺はまだまだ弱いよ。けど……戦えた。だから、必ず実紅を助け出す」

「……健吾」

「もちろん、実紅が消えちゃう前にな。ここからは、俺が一人で迷宮攻略をしていくつもりだ。もう、実紅に負担はかけない」

と、そう言ったときだった。

俺の周囲にゴブッチたちが現れた。

……彼らが再召喚できるってことは、それだけの時間眠っていたのか。

「ゴブー？」

「スラ……？」

「ウルルル……」

三体がそれぞれ唸る。みんな、俺を責めるような目をしていた。

……そうだな。

「悪い、悪い。みんなも一緒だったな」

俺は一人じゃない。彼らがいてくれれば、きっと攻略できるだろう。

「……健吾」

彼女はじっとこちらを見て、ぎゅっと抱きついてきた。

多少の羞恥はあった。けど、俺はその体を抱きしめ返した。この感触とぬくもりを、絶対に失いたくはない。

「……私、まだ死にたくないわ」

「……そうか」

「今までは……正直言ってどうでもよかったの。けど、あなたと出会ってから、私の考え方が変わったわ。……まだ、生きていたい。あなたと一緒に、これからも生きていきたいわ」

「そう言ってくれるなら、俺はどこまでも戦えるよ」

それだけ聞ければ、あとは十分だ。

ポーションでも回復しきれなかった体がわずかに痛む。

ゴブッチがポーションを渡してくれたので、ありがたく飲ませてもらった。

それを飲み終えたころには疲労以外の傷は治った。十分に眠ったと思っていたが、まだまだ体は重たい。

さすがに、これから十一階層に挑むだけの気力は湧かない。

一度家に戻ろう。

「ルフル。それじゃあ、迷宮の外まで付き合ってくれ。……それと、今夜はうまいものでもみんなで食べような」

「そうね。腕によりをかけて作らせてもらうわ」

ゴブッチたちが目を輝かせ、ステータスカードに戻った。

道中、移動しながら俺はステータスカードを確認する。

鏑木健吾『竜胆実紅の敵にのみ使う』
レベル1
物攻G（18）物防G（19）魔攻G（17）魔防G（18）敏捷G（21）技術G（20）
スキル
『吸収：EX』
↓『ゴブッチ　レベル2』
↓『スラスラ　レベル2』
↓『ルフル　レベル2』

自分のステータスを見ても、驚きはなかった。

どこでレベルアップしたのかはわからない。けど、体が大きく変化したタイミングがあったからな。

レベル1になったことでステータスはすべて、元の常識的な数値に戻っている。

だが、レベル0のときよりも体は軽くなっている。

ステータス的に見ると、弱体化しているように見えるが、表記に現れていないだけでステータスは前のものも引き継がれている。

レベルが上がれば上がるほど、見かけのステータスだけで判断するな、と言われる。

それまでの積み重ねのことを指しての言葉なんだろう。

「良かったわね、レベルアップ」

背後からぎゅっと抱きついていた実紅が、右肩から覗き込んできた。

「あれだけやらないと、限界って超えられないんだな」

「そこまで、苦労した覚えはなかったけど……あなたの場合、それだけ成長できたってことじゃない？」

……かもな。

レベルアップは人によってさまざま。なかなか上がらず苦労したが、強くなれたのならなんでもいいか。

そういえば、あのとき――。ほぼ無意識にみんなのスキルや似たような技を使ったが、あれはなんだったのだろうか。

もしかしたら、俺の持つスキル、『吸収』の効果の一つなんだろうか？

細かいことはまたあとで考えよう。

俺は首に回してきた実紅の手をそっと握る。

そうすると、実紅が俺に一度微笑み、さらに強く抱きついてきた。

ルフルに乗って迷宮の外に出る。もう夕方になっていた。

……随分と長く中にいたようだな。

そこで一度ルフルとも別れ、実紅とともに街を歩く。

まずはスーパーに寄って、それから——。

色々考えていると実紅がそっと体を寄せてきた。

夕日に染まる彼女の横顔はあまりにも可愛らしくて、俺はそっと実紅に顔を近づけた。

実紅もまた、俺の意図していたことを理解したようだ。目を閉じ、そしてお互いの唇を近づけた。

一度で、終わらせようと思った。けど、次は実紅からだった。

間近で見るいたずらっ子のようにはにかむ実紅を、俺はたまらず、ぎゅっと抱きしめた。

改めて思った。

俺はこの子を絶対に助け出してみせるって。

あとがき

初めましての方は初めまして、木嶋隆太と申します。

この度は、『落ちこぼれの俺は覚醒したEXランクスキル「吸収」で成り上がる』を手にとっていただき誠にありがとうございます。

こちらの作品は「小説家になろう」様で連載していまして、その際に声をかけていただき、このように本という形になりました。こうして、本という形になって書店に並ぶようになったのは、読者の方々のおかげである部分も多くあります。改めて、ありがとうございます。

もしかしたら、現在書店で、あとがきだけを見ている方もいるかもしれませんので、そんな方のために、ざっくり本作品についての紹介を行っていきたいと思います。

『落ちこぼれの俺は覚醒したEXランクスキル「吸収」で成り上がる』に出てくる登場人物はそれほど多くはありません。

主人公として、健吾。ヒロインとして実紅。この二人が主になって物語が進んでいきます。

作者が書こうと思ったのは、イチャイチャです。イチャイチャしながら迷宮攻略を行っていきます。

……ただ、これだけ聞くと「何だリア充共め……」となるかもしれません。私ならまずそうなりますので、少しだけ付け加えさせてもらいます。

迷宮攻略を行うのには、理由があります。それはヒロインである実紅には命のタイムリミットがあるからです。そのタイムリミットを迎える前に、健吾が実紅を救うために迷宮攻略を行うというものです。

詳しい事情に関しては——それは皆様に読んでいただきたいですね！

迷宮攻略といえば、やはり仲間が必要になりますね。その仲間には、数々の魔物がいます！

魔物と一緒に攻略していくことになります。どのように戦うのかは、本文で……！

内容としてはそのような感じになります。もしも、気になったという方はそのままレジまで持って行っていただければ嬉しいです。

さて、あとがきのスペースも残りわずかになりましたので、謝辞の方と行きたいと思います。

まずは編集さん、ありがとうございます。度々ご迷惑をおかけしてしまい、申し訳ありませんでした。私の作品がこうして本という形になったのは、協力があってこそです。ありがとうございます！

葉山えいしさん。素敵なイラストでとても嬉しいです。私の作品が一人でも多くの方に見てもらえたのは、このイラストあってのものです！　本当にありがとうございます！

そして最後に、読者の方々に感謝を。一人でも多くの読者を楽しませられたのなら、作者としてはとても嬉しく思います。

BKブックス

落ちこぼれの俺は覚醒したEXランクスキル「吸収」で成り上がる

2019年12月20日　初版第一刷発行

著　者　木嶋《きじま》隆太《りゅうた》

イラストレーター　葉山《はやま》えいし

発行人　大島雄司

発行所　株式会社ぶんか社
〒102-8405　東京都千代田区一番町29-6
TEL 03-3222-5125（編集部）
TEL 03-3222-5115（出版営業部）
www.bunkasha.co.jp

装　丁　AFTERGLOW

編　集　株式会社 パルプライド

印刷所　大日本印刷株式会社

ISBN978-4-8211-4537-9

Printed in Japan